СТРАНА ПРОИСХОЖДЕНИЯ

出身国

ドミトリイ・バーキン
秋草俊一郎 訳

СТРАНА ПРОИСХОЖДЕНИЯ

群像社

目次

出身国

出身国

往時から、ずっと耳鳴りがしていたが、それはもはやかつてのような、全身が、骨が、歯が、爪が鳴っているほど大きいものでも、肉体の洞《うろ》が壊れるほど身を震わすものでもなく、そのために自分に向けられた言葉が聞きとれないほどの呻《うな》りでもなかった。だが、男はかつて自分にこう告げたのだった——これは俺の心臓の呻りだと。そして、かつては自分の言葉も聞こえず、ただ思惟に耳を傾けるのみだったのに、今や、たまたま駅で自分を拾った女と結婚し、その女に連れられて、義母の前に立つ段になると、男は二人の声を聞くことはできたが、なんとかそれに慣れようと、明瞭な言葉を自分の中にいれようとして、他人の言葉を物理的に触知できるなにかに変えてみた結果、顔面の皮膚が感じるその言葉は、ほとんど重さのない綿の塊のように軽々としたものでしかなかった。しかし、体内で鳴る地崩れの轟音をかき消すための、静けさの中で声をはりあげる習慣から逃れる試みはうまくいかず、けたたましい金切り声をはりあげればはりあげるほど、言葉の意味はいっそう支離滅裂になり、窓ガラスはきしみ、澄んだ水は濁り、暖炉の灰は震えるのだった。

駅でなにがおこったのか、その一部始終をマリヤの母は結局わからずじまいだったが、しみったれとでも言うべき執着で、娘が身長百五十センチほどの、着ているものと言えば焚きつけぐらいにしかならなそうな男を連れてきた日のことは、細部までよくおぼえていた。母はそれから死ぬまでの七年間、その日のことを寝つけない夜の入眠時幻覚のなかで見た——その日の主な出来事を、ゆるやかに、おだやかに流れる死になかば浸りきった臨終の床に横たわって見ていたのだ——娘と婿は彼女とともに漂い、永遠に忘れられないよう、彼女の記憶の中に立ちつくしていた——連れを紹介もせずに、すべきことも後回しにして、母がまだ口も開けないうちに、娘は身長百五十センチの未来の夫と黙って目の前にたち、承諾を懇願する気などさらさらないといった風に、自分の決心を伝えようとしている。

だがまさに予想通りと言うべきか、マリヤを知っている人々はマリヤの行為に驚かなかったし、少なからぬ人間がマリヤを知っていた。言いかえれば、周囲の人々は長い間、マリヤがなにか似たようなことをしでかすのを待っていたとも言え、とりわけここ十五年間というもの、彼女が自分にとっての「星」を探して夜空に目を凝らし、母性の強烈な飢えを宇宙にまきちらしていたのをよく見て知っていた。それゆえ、マリヤがその星を明け方ギリギリになって見つけたとたん、網とロープを持って表にでて、最初にぶつかった男を縛りあげて捕獲し、うちにひっぱりこんだことを疑う理由はなにもなかった。

水曜日の午前十一時にマリヤの家に連れてこられた男は、十一時半には、牛小屋と干し草小屋にはさまれた敷地の真ん中、温かい湯が入った大きなたらいの前に裸で立たされていた。マリヤは男が着ていた古い服をきちんとたたんで脇に置いたあと、毛の固いたわしと石鹸で武装して、男をたらいに追いつめつつ、黙ったまま、ほとんど毛のないその真っ白な体を石鹸で淡々と洗ったが、そのあいだ男は首をぴんとのばし、服の方を横目でちらちら見ていたが、その周りをにわとりがうろついていたのだ。こうして遂行された入念な洗浄作業は三十分とかからず、そのあとマリヤは男をタオルで拭いて乾かし、古い服をひったくって家に招きいれ、十六歳のころから自分のものにしていた部屋に通したが、そこには純白の大きなベッドに、値札がついたままの新品の男性服が並べられていた――クリーム色の明るいシャツ、華奢《きゃしゃ》なベルトが前もって通してあるアイロンがあてられた落ち着いた色調のズボン、青い靴下と黒いエナメルの靴――どれも、彼女が二十歳から三十五歳のあいだに、いずれおとずれる結婚の予感に駆られ、中肉中背の架空の男性に合わせ、時間をかけ吟味して買ったものだ。マリヤは男にこう言った――ほら！――そしてこう言った――これがあなたの新しい服よ、着なさい――それからドアを閉めて、男を独身女性の香りの中に残して出ていったのだが、そうすることで、ここでは自分が最初で最後の男だと――少なくとも、部屋が彼女のものであるかぎり――信じるだろうと考えてのことだった。

おろしたての服を着た男が背後にあらわれたとき、マリヤは台所のレンジの前で、捨てる前に古い服のポケットを調べ終わったところで、男が出てきたことに気づかず、あたりを見ないまま、何重にも折りたたまれた分厚い紙束と、なにかを包んだぼろきれを別々の手でつかんでいた。次の瞬間、紙束がゴミ箱に放りこまれるのとほぼ同時に男は——やめろ！——と叫んでいた——もう一度、ほとんど間を置かず、声を荒げて——やめろ！——と叫ぶと、ゴミ箱に突進して清潔なマットの上に騒々しく中身をひっくりかえし、ジャガイモの皮や鶏の臓物やかゆ状のどろどろなど豚の餌行きのものをまき散らして角がすり減った紙を両手でつかみだすと、ひっくり返したゴミ箱の前にひざをついて、懸命に汚物の除去にとりかかった。茫然としたまま女は、やっとのことで声を絞りだした——あなた、それはなんなの？　ひざをついたまま男は叫びかえした。これはなんだ、だと?!——そして大きすぎる頭には不釣り合いに小さく見える顔をゆがめて叫んだ——俺の血統書だよ！　男の前に立っていた女は、凍りついて青ざめ——なにせ、猟犬とペルシャ猫以外で血統書なんて聞いたこともない——あんぐりと口を開けたままだったが、ひざ立ちの男は無様に、サイズが合わない服に身を包み、それでもまったく気にもせず考えもしない様子で、例のおぞましい呻りで鼓膜が破れたのではないかと疑いつつ、少し濡れてしまった紙をしきりにふりながら——よこせ！——と叫んで、さっと腕を伸ばしてなにかを包んだぼろきれをひったくった。それからもう一度叫んだ——まったく！——庭に出るとそのまま、すももの木の幹をじっと見つめながら長いこと腰をおろし、石で打たれるような心臓の鼓動に体をわななかせていたが、小声で呟いた——くそ、くそ、肋骨にひびが入るところだったじゃないか、肋骨にひびが入るところだったじゃないか。

しかし夜になって、耳鳴りが少し鎮まり、胸の鼓動が和らぐと、夕暮れの静寂の中で窓のそばに黙ってしばらく座っていた男は、テーブルに近寄って、マリヤの前に例のぼろ紙——一平方メートルはある、古いが、十分しっかりしたワットマン紙——を広げて、母親を呼ぶように命じた。ランプシェードがなげるおだやかな黄色い光の中、母娘がテーブルに身を乗りだすと、統一された書式に基づいて厳密に記されたおびただしい名前と名字の上に二人の影が落ちたが、そこには身長まで網羅した種々の注釈、秘教的な意味不明の印、十字架、数字、星座のマーク、血縁関係を示す短い均一な矢印が並んでいた——もし二人が、この統一され、綿密な校閲を経た紋章学的な図——場を占めているのはそのうち一枚にすぎない——をくまなく検討し、考究することができたとしたら、次第に没落していく一族の歴史を見いだしたであろうし、その歴史を証だてているのは、一族の主な人物に見受けられる一貫した身長の低下と、同様に一貫した発病率の増加なのだが、一種の巨人だったとされる一族の開祖の姓名のまわりには、強靭な肉体になにかはずれたものを示すような否定的な記号や注釈は一切なく、あるのはただ星座のマークと、生きた年数を示す「99」という数字だけだった。母娘が十分間黙ったまま立ちつくし、テーブルに身を乗りだして、細密な、死の系図から目をそらさないでいるうちに、単一の名字という視線をさえぎる覆面の陰に一族郎党の凍りついた陰気な面相を見た気になってきたところで、男は指を伸ばして紙の一番下、おびただしい姓名の列からぽつんと一箇所、はりだした点を指した——これが俺だ。

男が自分の血の源をはっきりと見るのを許したのは、この時一度だけだったが、男自身は最低限、週に一度はワットマン紙を広げ、何時間もかけて、地図の助けを借りて世界を旅する考古学者さながら、根気強く印を解読し、心臓病を意味する記号を探していた。その間、母は機をとらえてマリヤにいつもこう言うのだった――あの人は法則を避けようとしているんだわ――そしてこうも――見てごらん――娘の不屈の性格の針に疑惑の糸を通そうと、倦むことなくその言葉を繰り返すので、しまいには娘がこみあげてくる抗議の怒りをこらえきれず、憤慨して――ほうっておいてよ!――と叫ぶのだった。だがその後、なにか思いついたのか、顔をゆがめて笑い、穏やかに言った――私は法則じゃない――そして言った――法則なんかじゃない。だが、母は娘に言った――その通りよ、そうよ、その通りだわ。そこでマリヤは母の瞳をのぞきこみながら、三十五年の人生から導きだすことができた唯一の掟を初めてはっきり口にした――真実はひとつしかないのよ、それは、私たちがどこでもないこの場所で生きているということだわ、そしてただこの真実だけを守り、この真実だけを信じるべきで、ほかのものすべてはまやかしで、だからほかのすべては裏返しにしたってかまわないのよ。

マリヤとの関係を法的にとりまとめる二日前、男がパールという画家の未亡人から買ったまだ新しい灰色のスーツはなかなか値のはるものだったが、式に着ていく心づもりだった。スーツを前に未亡人は男に言った――知っておいてほしいんだけど、夫は死んだとき、このスーツを着ていたの。男はこう言った――俺はこの服を着て生きるつもりだよ――彼女はこう言った――生きればいいわ――続けてこう言った――夫が生きたみたいに生きなければ。式の前日、男がシャツのポケットから上着のポケットになにかを包んだぼろきれを移しかえているのを見たマリヤは、近づいてこう告げた——待って——古ダンスの引き出しに、改革の時に発行されてすでに使えなくなったお金、使い古しのハンカチや変色した手紙と一緒に放りこまれていた煙草用の小さな巾着《きんちゃく》を男に差しだした。男は黙ったままそれを見た。マリヤは男に言った——そのぼろ布は捨てて——そしてこう言った——よければ、この巾着に移しかえて持っていって。やはり黙ったまま女を見たあとに、男がぼろを広げてとりだしたのは、パスポート、軍籍票、少しばかりの金、紙巻き煙草用の紙で作った小さな包みが二つだった。小さな紙包みを指さして、マリヤは訊ねた——これはなに？　男が慎重かつ丁寧にもろそうな紙を広げると姿をあらわしたのは七つの美しい白い歯と一房の髪の毛だったが、それにも女は指を伸ばして訊いた——これはあなたの歯？——男は言った——そう——そして言った——この歯は俺がこどものときに抜けて、新しいのが生えてきたんだ。マリヤのほほがゆるむのを男はながめたが、それは男の胸に完全な静寂が訪れたまれな瞬間だった。女は言った——これはこどもの髪ね——男は言った——七歳の子だ。彼女は訊ねた——あなたのなの？　男は言った——いいや——静かに告げた——イデヤの髪だ。

地味で控えめな式の翌日にはもう、男はふたたび死んだ画家パールのアイロンをあてた灰色のスーツを着て職を探しに地域の役所に出かけたが、はげた窓敷居にサボテンとアロエの鉢植えが置かれた明るい真四角の部屋には、瓜のように無表情で黄色い顔をした中年女性がいて、男が職歴帳をどこかになくしたことを知ると、ニスが塗られたテーブルに束になって積まれた書類を調べて、職業のリストアップにとりかかり、一方、足の長さがまちまちな椅子に座らされ、黙ってぼんやり爪をかんでいた男は次第に朦朧《もうろう》としてきたのだが、それというのもうんざりするほど眠気を誘う声が告げるのはどうやらただひとつの語なのに、いちいち別の口調で言いかえられ、それが意味しているのはどうやらただひとつの職業なのに、いちいち別のイントネーションで口にされているせいだった。がさがさ音をたてるいまいましい書類のせいで朦朧としていた男はただ一度きり答えたのだが、それは彼女が書記のような仕事を提案してきたときで、はっきりこう言ってやったのだ——俺は紙をがさがさ漁《あさ》るのが嫌いなんだ！——しまいに彼女は言った——そう、いいわ——そして訊ねた——なにに向いてるの？　なにができるの？　男は逡巡なく言った——射撃。

かくして街の市場がたつ広場のうらぶれうす汚れた射的場で働くことになった男は、そこに四日間のうちにかつてないほどの秩序を導入したが、それこそ男が深い意義を見いだしているものだった。呻り声をあげる無益な存在を永遠に根絶したと確信して、明け方に出勤すると、開店までのあいだ、底冷えする無味乾燥な射的場に一心不乱に手をいれ、空気銃を掃除して、厚い鉄板をくりぬいて作った獣や鳥を調えたり、弱視の人も当てやすいように、的にことのほか明るい色を塗ったりした。男はくすんだ、今にもきれそうな電球をとりかえ、射的場を隅々まで明るくすると、こども用のがっしりしたベンチや、砲身を支える台座も自作した。十時に店を開け、弾をわたすための小窓がついた部屋に座って、悦ばしき静けさという薬湯に身を沈めた男は、客どころか、自分の手が金を受けとって弾を数えるのに気がつかないことさえあったが、外の世界に耳をすませるのを心臓の鼓動がこれ以上邪魔しないよう、どんなかすかなざわつきも低い呻りの響きも聞きのがさないようにした。目で挨拶を交わすとき、人々は男が目に冷たい知性を静かにたたえているのに気がつきだしたが、男と言葉を交わしたものはその静かで穏やかな声を聴きとるために耳をそばだてねばならなかった。夜になると、念入りに店じまいし、男は七つの白い歯とイデヤの髪をしまった巾着を音なき心臓に押しあてながら家に帰った。

しばらくして、老いた母が——老化がすすんで暖気が必要になったその脚には肥大した青緑の静脈がうきあがって、古いワインボトルのようになっていた——婿の荒っぽい動きから冷気が吹きこんでくるのを感じ、同居を始めて三ヶ月、その冷気が家中に充満し、煉瓦の壁にもしみ通ったことを明確に意識するようになった。母は塗装がほどこされた床板とテーブルの天板から発する刺すような冷気に気づき、戸棚、鏡、ミシンからも冷気が吹き出しているのに気がついた。そのうえ、外出時よりも屋内で厚着をしなくてはならないことにも気がついた。家から蠅が消えていた——飛ぶ気も失せたのか、秋が深まると同時に眠りこんだようになって死に絶えていった。彼女がひそかに毎夜口づけしていた聖なる十字架は氷みたいで、一分以上鉄のキリストの脚に唇を触れさせていれば、かつて極寒の日にブランコの鉄柱に唇が触れてしまったときのように、温めた牛乳の助けを借りて唇から十字架を離さなくてはいけなくなるのでは、という恐れに襲われた。母はマリヤに話した——あなたの夫がここを土蔵に変えてしまったことはわかってるの？——そして訊ねた——ほかの部屋で寝てる私でさえ雪だまりにいるみたいだってのに、あなたは彼と寝られるの？　だがなにも気づかない様子のマリヤは、まるで抑えがたい愛の、地獄の炎を身に宿した燃えさかるマッチ——

氷を溶かすどころか、固形燃料みたいに燃えあがらせることができる――のように、寒々しい家の中を動きまわっていた。母は彼女に言った――まったく、カチカチのシーツの上で、寒さでくたばっちまうよ――だが、その懸念がたぶんに誇張されたものであっても、母はときおり婿がみなをあわてさせることに気づいた――たとえば、男がバターの小さなかけらを手に少なくとも五分は持っていたのに、バターは溶けるどころか逆に一層固くなったのを目撃した母は、婿の血管を循環しているのは血液ではなく冷凍庫の圧縮冷気だという確信をえるにいたった。冬が近づくにつれ、母はマリヤに以前にもましてぐちをこぼすようになった。寒いわ――こう言った――凍えてしまうわ――マリヤは母に言った――自分のばかげた思いつきのせいで凍えているのよ。だが、仕事から戻ったマリヤが、まとめた荷物の上に腰をおろした母を見つける日がついにやってきた。母の前に立ち、静かに言った――これはなに？――さらに声を潜めて言った――どこに行くの？　母は部屋の隅の、半分空になったクローゼットを見ながら、心ここにあらずといった風に言った――今日、蝸牛が死んだ夢をみたの。マリヤは言った――なんてこと――こう言った――母さんはいつもなにか夢をみてるのね――そしてたずねた――どこにいくの？　母は言った――姉のところで暮らすわ。マリヤは訊ねた――なぜ？　母はしわのよった唇をかみしめ、黙ったまま隅を見ていた。マリヤは叫んだ――なぜ？　言いなさいよ、なぜなの？　母は言った――あそこは暖かいわ。

男は義母の引っ越しにも居合わせたが、さしたる意義も感じず、それよりも肉体《オルガニズム》の中の過重とそれを支える力の安定した相関関係を乱さないことを願い、なによりもこの凪《な》いだ均衡状態のほうを重んじていた――そのバランスが実現可能なのはある種の調和の内側だけなのだが、男にそれがあらわれたのは射的場で仕事を始めてからのことであり、男はそこでよく手入れした銃身と死を定められた明るい色の獣の的から一晩以上は離れず、七つの白い歯と一房の髪を片時も心臓から離さず、毎日、平穏に規則正しく、倦むことなく理想的な規律を維持していた。それゆえ自分が家に満たして感染させた乾いた冷気を男は気にとめず、不可逆的な荒廃のプロセスを気にとめなかった――荒廃は石にさえ浸透して壁に宿ったのだが、その壁にこそ極限の孤独と残酷な時間の流れによって孵化した妻の愛が、音もなく赤々と燃えているのだった。

母が出ていっても、射的場の仕事に新機軸を導入したことをのぞいては、男の生活様式は規則正しいまままったく変わることがなかった――新機軸はたとえば、生きた鼠を撃つというもので、男はそのための工夫を完全無欠な、超自然的精確さをもって半月でやりおえたのだが、それも射的場の建屋にたまたまでた鼠が、完全に機械化された射的にインスピレーションを吹きこみ、擬死的な遊戯が生む獣じみた興奮を――甘美なる熱狂をそこに持ちこんだせいだった――その感情こそ前世紀に猪を狩っていた、大昔の先祖が全身で享受していたもので、間違いなくその先祖は、たがう事なき目測や電光石火の反射神経、とどめを刺す無慈悲さを男と共有し、その血は男の血を支配し、その本能は四肢に電気信号をひき起こし、男の体内で生きている――これは適切な縮尺以外のすべてを男に与えた――つまり人並みの身長と大きな獲物以外のすべてを。ところが、マリヤやマリヤの母とは違って、男は一族の明白な退化をけして見のがさず、何時間もかけてワットマン紙を検討し、近年滅亡した血筋すべてに目を走らせ、かつては思い出すことができたことすべてを思い出し、なかば忘れられていた伝承の白骨を明るみに出し、そうすることで双眼鏡を逆向きにのぞきこむときに人が体験する感覚を体験した。だが、こうしたあらゆる情報を知ることで、男は最近になって、サワギキョウやベゴニヤのような二季咲きの存在を心の底から信じるにいたり、この世界では一族の退化はその復活と境を接しており、ときにその結びつきはあまりに密なので、他人の目には移行する瞬間がわからないのだと信じた。その強すぎる信念は、世界に強大な一族の萌芽を生みつけることができる種子が自分に宿されているという予感にまで転じたので、ある朝、男は家にたてかけた庭用の梯子を使って屋根裏にもぐりこんだ——なにか恥ずべきもの、醜聞であるかのように、ワットマン紙を隠滅し葬り去るためだった。蜘蛛の巣がはりめぐらされた小窓から屋根裏に差しこんでくる灰色の光がおぼろげに足下を照らしだす中を、積もったおがくずをかきわけてゆっくり、ぎこちなく蠢《うごめ》きながら、男は小声で呟いた——俺は癌の血筋だ——呟いた——俺はその血筋をなくてはならないもののようにあつかっている。反対側の隅まで屋根裏を這っていくと、男は面とりされた梁材の間にワットマン紙を隠したが、その場所に野の花を模し、侵しがたい過去を永久に忘れさるために古い革命雑誌を積みあげた。巾着とその中身——この控えめな、ほとんど重さのない聖遺物は、男にとっては堤防や仏塔や霊廟にも（勝るということはないにしても）劣らぬ意義をもっていた——を体から離さずに作業をすませると、男は鼠狩りに没頭し、蓋《ふた》がばたんと閉まるプレキシグラス製の箱を自作したのだが、ごく原始的な仕組みだったにもかかわらず、最高級チーズのかけらを餌に使ったおかげで、問題なく機能した。

　折に触れて母はマリヤを訪ねた。家に入る前に母は戸口から婿は在宅か訊き、いないという返事だと、引きずるような足どりで室内を歩きまわり、しわのよった哀しげな顔に驚きをにじませた。そこでマリヤが訊ねた――なにを驚いてるの？　壁から漏れる強烈な荒廃の臭いを嗅ぎながら、母は心から言った――私はこの家がまだ崩れてないことに驚いてるんだよ。悪意と絶望に駆られた母は、乾燥した唇を動かしながら、以前はなかった天井のひびと黄ばんだしみを熱心に数え、大食のカビが剝がし、覆いつくしてしまったものにくまなく目を走らせた。銀のスプーンとフォークの黒ずみは、銀は黒ずまないと信じていた母を卒倒寸前にまでおとしいれた――貴金属を短時間で黒ずませることができるなら、すなわち、この世に婿が触れて塵にならない物質はないということだ――ただ娘だけを除いて。あるとき、訪ねてきた母はマリヤにきっぱり言った――おまえはあの男から巾着を取りあげなきゃだめだよ。そして中のものと一緒に沼に沈めないと！　マリヤはそっけなく訊いた――なんでよ？　母は言った――なんで自分の抜けた歯と髪をどこにでも持ち歩いてるんだい？　マリヤは言った――あの人の勝手でしょ。母は言った――誰の髪なんだい？　マリヤは言った――どうも女の髪みたいね。母は訊ねた――どんな女よ？　マリヤはぼんやり言った――イデヤとかいう名前の女よ。母は侮蔑混じりの憐憫《れんびん》を浮かべて言った――イデヤって女じゃないわよ――それから言った――イデヤは理念《イデヤ》よ。

　生の進行が招く合理的な帰結もろとも、一族の系図を革命雑誌の束の下に葬りさり、ワットマン紙からのがれて以来、屋根裏に隠した一族の目録を甦らせ再開することは自分以外のだれの手にもけしてできないと男は信じた。停止した時間の中で、男は不死について本格的に検討しだした。三週間がたち、肉体の流動性に付随する時間の不動性に立脚することで不死の本質に肉薄し、男の意識が虚無に吹きこぼれそうになったとき、突然、疾駆する黒馬の群れが夢にあらわれ、時間はふたたび動きだしたのだった。重たい頭で目覚めた男は、苦々しい不幸の予感とともに仕事に出かけた。この日はまさに射的場を冬のあいだしめるように言われた日だったのだ。ここ三ヶ月ではじめて男は耳を聾《ろう》する心音を聞くと、一瞬にして擬死的な遊戯や物質的な不死についての沈思黙考は頭から消え去ってしまい、ちゃちな扉を蹴り開けて射的場から飛びだし、呻りをあげる時間の荒野を駆けたが、はじめの勢いはだんだんと衰えていき、震える小さな体の重みを支えきれなくなった両脚がもつれはじめた。ついに倒れこんだ男の唇が無慈悲で無関心な大地に触れると、脳に黒い花が咲いた。

ところどころはげた赤毛のやせ馬を麻の手綱で追いたてながら、がたつく馬車でブリキ缶入りの牛乳を配達していた老人が、赤い煉瓦造りの病院に男を搬送すると、悪路のせいでこぼれた牛乳の匂いがする、まだ全身を震わせている男を担架で二人の看護人が連れていった。病室に運びこまれ、ぞんざいに整えられたベッドに寝かされた男は、衰弱しきって譫妄状態で横になったまま、脳に咲いた黒い花の意味を、どんな悪党が自分の大切な仕事をしばらく雪だからというばかげた理由で奪ったのかを、なんとか解釈しようとしていた。夜になってマリヤが男のところを訪れたが、女がかけてくれる言葉も、悲嘆に暮れて心配するさまも、憔悴《しょうすい》しきった動作も、マリヤの存在自体さえも、この国で男とともに暮らすすべての人々の存在とともに、心臓があげる呻りに飲みこまれてしまった。

地元と大都市から呼び集められた医者たちが、数え切れないほどの診察室や診療室で、肋骨の白い光の奥にある魂のレントゲン写真と、その呻りをあげる心臓の写真を凝視し、血液を血管に流しこむ左心室の筋肉――心筋繊維に被われたところと活動筋と――に隠れている鉛弾を発見して、戦慄することになった。心臓に存在する弾丸が入った穴を見つけられないかと、毛のない貧弱な白い胸を診てみても、乳首以外に関連が疑われるものはまったく見つけられなかった――医者たちが男にしたことはみな、脳の闇をエックス線で照らし、不当にも忘れられてしまった猪《いのしし》猟師の姓名に付された難解な記号に、唯一無二の真実の意味を見いだそうとしての行動だったが、その記号が意味するのは、この猟師はその半生を猟の最中心臓に撃ちこまれた弾丸――なにかの手違いか、悪意からかは測りかねるが――を抱えて生きたということだった――今、七代を経て、その子孫は、撃たれたわけでもないのに生まれながらに同じ宿命を背負うことになった――医者たちが男にしたことはみな、冬のサイクルは夏のサイクルと同じであり、呻りのサイクルは静寂のサイクルと同じであり、退化のサイクルは復活のサイクルと同じであり――それはゆっくりでもないが、早くもないということを男に思い出させようとしてのことだった。医者たちは男のところにやって来るとたずねた――自分の中になにがあると感じる？――会うたびにたずねた――自分の中になにがあると感じる？

医者たちの活動が、彼ら自身にもさだかではない目的を達すると、その夜男は深い眠りに落ち、かつて狩り場だった森と大地から身を起こしている人物を夢にみた。朝、男に服を返してくれと頼まれた看護婦が理由を訊くと、こう答えた──うちに帰るんだ──こう言った──すべてがわかったよ。だが、申し出は却下され、男はマリヤの訪問を待ちながら、死んだ芸術家のスーツに身を包み、七つの白い歯とイデヤの髪をしまった巾着袋を小さな拳に握りしめ、医師の前に立って穏やかに言った──うちに帰ります──言った──すべてがわかったので。医者は言った──だめだ。男は言った──うちに帰ります。医者は目を細めてたずねた──自分の中になにがあると感じる？男はきっぱりと言った──確信が。

葉

彼がその村にたどり着いたのは十二歳のときであり、左手に川、右手に森を望む草原のほうからやってくると、川砂が敷かれた小道を通って柵のない墓地を抜けて村に入ったが、尖った石もガラスの破片もものともしないその裸足の足裏は変わらずひんやりしたままの大地を感じとっていた。彼は空き地を突っきって、村はずれの家屋をノックせずに素通りしたが、それも村はずれに住んでいるのはいつでも逃げ出すかまえの陰気で偏屈な人間だと知っていたからであり、少しばかり大きすぎるという理由で二軒目の家も素通りし、三軒目の廃屋も素通りしたが、十七年のあいだ子がなく、イエス・キリストの来臨を待ちこがれていた薄汚れた片腕の男とひどい弱視の女が住む四軒目の家で捕まった。しばらくのあいだ、二人は黙ったまま少年を見て、それから隣室にいって、ぼそぼそとなにか言葉を交わしていたが、また戻ってきた。片腕の男はテーブルについたが、女は立ったまま壁を見ていた。男は訊ねた——どこから来た？　少年は黙ったまま、男の胸の辺りを見つめていた。男は言った――おまえはこの家で、戦争が始まる前に生まれたんだよ。男の胸の辺りを見ながら少年は言った――いいえ。男は人差し指を伸ばして使いっぱなしの寝台を指した――ほら、ここだ。少年は言った――いいえ。男はむっとした調子で言った――おまえは十二年前に生まれたんだよ。いま十二歳で、八月生まれだ。壁を見つめていた女が口を開いた――九月の第一日曜日よ。男は強張《こわば》って思いつめた顔を女の方に向け、顎をがくがくさせていたが、また向きなおると言った――九月だ。少年は言った――いいえ。男は立ちあがると言った――話は終わりだ。

翌朝、彼は全身を洗われ、髪を刈られ、イラクサのスープを飲まされ、ベドラーギンという姓を釘で打ちこまれた。彼は片腕の男と半盲の女の家から三度脱走を試みて三度とも捕まったが、そのうち二度は森で、雨のあと、石の裏や濡れた切り株からむしりとったカタツムリを食べているところをおさえられ、あとの一度は駅でだったが、そこでレールが取り外されてしまっていることに気づかぬまま列車を待っていたのだった。その後、彼はもう逃げようとはせず、頼まれたことを黙々とこなしていたが、他人を目にするのはなんとしても避けようとした。片腕の男はこう言ったことがあった――奴は俺たちのことを恥じているんだ。だが、女はこう言った――照れているんでしょう。

捕虜になったドイツ兵が新しい枕木の上にレールを敷設し、爆破跡の盛り土による補強が済んで、逃亡経路がみなに開かれたとき、片腕の男は死んだ。死ぬ前の二週間、男は必要があってたまに外出するのをのぞけば――それも死が近づくにつれ滅多になくなった――寝台から起きあがろうとさえしなくなったが、飲み食いするのをやめてしまったせいだった。毛布二枚と湿気で赤茶けてしまった外套の下で、乾燥した皮膚がぴんと張ってカバーになった下で、男の骨は暑さも寒さも感じることがなかった――あるとき、男が妻に語ったところによれば、人が暑さと寒さを、飢えと暑さを感じるのは骨なのだという。それ以上、なにも口にしなかったのは、男はあらゆる言葉の意味を忘れる権利を手にしていたからだ。はるか昔に死んだ者たちの導きのまま、男は自分の肉体の細胞《オルガニズム》ひとつひとつを死に引きずりこむ力に差し出し、たびたび訪れる忘却の瞬間に女が流しこもうとする薬剤や薬湯を拒んだ。

隅っこに座ったまま、自分が一層疎外されたように感じていた小ベドラーギンは、草原から村にやってきて以来、はじめて目をそらさずに、半盲の女と死にかけている片腕の男をあけすけに見つめていた。女はぼそぼそと悲しげな声――ゆっくりと一定のリズムを刻むその声は、どこか時計がカチコチと鳴る音を思わせた――で、なにごとか男に話しかけていたが、しばらくしてからやっと、男がすでに人語を解さず、返答できないことを理解した。女は背筋を伸ばし、寝台からゆっくりと離れると、小ベドラーギンを見た。女の目と顔を見つめたまま目を背けようとしないベドラーギンには、すでにわかっていたのだ――自分はこの家にこれから先もとどまり、片腕の男の場所を譲りうけるということが。死によってできた空席を生が占めるとき、そこに遺産も降りかかってくるという、この地における不文律によって。

小ベドラーギンはただのベドラーギンになって、あけすけに他人を見るようになったが、片腕の男が一人だけの嗚咽《おえつ》の波にのって運ばれた墓地には参じなかったので、村はずれに暮らしていた婆さんが遺体を清め、青い頬の髭を剃って、赤い花から採った花粉をはたいてやった。しかし、片腕の男を運び、棺に付き添った村人たちの念頭につきまとっていたのは、小ベドラーギンが自分たちをつけてきて——門のアーチの影に潜み、樹から樹、家から家へと身を隠してひた走り——墓石の裏に忍んで男を葬るところを注視しているという確信だった。通夜の日、ベドラーギン宅のテーブルについた村はずれで暮らす婆さんは、慢性的な空腹に濁酒を流しこんだせいで酔っぱらうと、片腕の男のために讃美歌を唄いながら、椅子に座ったままバランスを崩しそうになりつつもくるくると回転し（まるで灰と塵の渦巻のようだった）、向かいに座った小ベドラーギンを、ニスを塗った木材のような潤いのない焦げ茶の瞳で見つめて言った——ほら、これが実だよ——そして言った——死んだ種のね。婆さんは最初に席を立って帰り支度をした。その所作には、老齢に達するかなり前から兆候があらわれる、死すべき運命にあるもの特有の影は見あたらなかった。だが、婆さんに触れようものなら、何世紀ものあいだ大洋の底、水と塩と時の澱んだ溶液の中で安置されてきた年代ものの花瓶のように塵になってしまうのではないかと危ぶんで、だれもあえて手を差しのべようとはせず、その場にいたものはみな、蜃気楼にそうするように、目だけで別れを告げたのだった。

片腕の男が死んだその年の夏、西の戦争は終わったが、東ではまだ続いていたので、長い軍用列車が国中をつっきって、まだ戦える兵士たちの肉体と魂魄《こんぱく》を載せていき、それだけでなく鉄の無蓋貨車にはかろうじて生き残った兵器の類も積んで運んでいき、さらには傷病者用の列車が、つんぼの眼、めくらの耳、唖《おし》の呻き、腹を撃たれたものの喉の渇き――彼らにとって戦争は永遠に終わってしまった――を運んでいったことが知れわたるようになると、飢えにあえぐ村女たちはドイツ軍の手から逃れた家財を、種や配管、家禽や家畜と交換できないかと、背嚢《はいのう》とずた袋と財布をひっつかんでヘルソン〔現ウクライナの南方に位置する都市〕の方にでていった。開戦とともに動員を解除された少しばかりの精神障碍《がい》者たち、少しばかりの傷病者たち、土地を離れないことを指示する軍の命令書を持つ愚かな妻帯者たちはと言えば、死の荒野のただ中に立って、荷物を背負った女たちが埃の積もった白茶けた道を歩いていくのを見ていた――女たちは松林を抜けて丘の上の教会を通りすぎ、それからカーブの向こうに消えてしまったが、だれも女たちが帰ってくると信じてはおらず、この埃っぽい白茶けた道は永遠に歩いていくことのできる道で、そこをゆくものはじきに宙に溶けて跡形もなく消えてしまうのだということで納得した。村の男たちは己の病身を呪詛しながら各自の家に散っていき、女たちが宙に溶けて跡形もなく消えてしまった世界と自分を隔離しようとして、ありったけの錠、掛け金、閂《かんぬき》で家の戸を閉ざしてしまった。ガラス瓶、タンブラー、バケツ、濁酒入りのドラム缶を周囲に配置して、自分の領域の円周を描き、夢でみるものはみな無条件で信じうるという思いこみから、酒浸りの波にどっぷりと沈みこんだあげく、答えを探す睡眠にのりだしたが、それは真実が現実に半分しかない以上、残りの半分は夢で見つける以外にないという理屈からだった。かくして真実の探求に不可欠な自分用の監獄、牢屋、獄舎を築きあげた男たちは、二週間を己の病身という鉄格子の向こうで過ごし、実りなき沈思黙考に没入した結果、テーブルの下、自分が吐いた吐瀉物《としゃ》の中、唾を吸った吸殻、痰、ブーツから落ちた土塊《つちくれ》が散乱する中に大の字になってしまった——中立地帯の圧縮された闇に押し包まれて、自分が捜しているものの名すら忘れて。

しばらくして完全なる自由の恩恵にあずかった子供たちは、日の出から日没までの夏の長い日中を森に姿をくらますようになり、そこで崩れたり、埋めたてられたりした防空壕や放棄された塹壕を探しあてようと猫の額ほどの土地を駆けまわり、腐った丸太に生き埋めにされる危険をかえりみず、爆弾のぎざぎざした破片や牽引用の錆びたワイヤー、半ば朽ちたゴムの塊、首輪やらを見つけだしたが、目論んでいたのは銃器や弾丸を見つけて焚火にくべて爆《は》ぜさせることだった。

三週目の頭になって、背嚢とずた袋を紐で体に吊って帰ってきた女たちを出迎えたのは、庭で餓死しかけている犬や野性化した猫、屋根の上で羽を逆だてているカラスだった。愚か者の妻は痩せてみすぼらしい山羊を引きずって庭に出て——その様子を見た人がいれば、脚で土をかかない山羊を死んでいると断じることもできただろう——垣根に繋ぎ、疲れきって家に向かったが、入口は内側から閉められてしまっていた。女は戸を手で、足で、シャベルの柄で、斧の峰で、石で殴りつけ、助走をつけて肩で戸に体当たりし、不気味に震える声で罵詈雑言《ばりぞうごん》をわめきちらし、ついに窓ガラスを破ろうとしたところで戸がギシギシ音をたてて開き、髭を伸ばし放題にした、砂色に黄ばんだ、驚き歪んだ顔がにゅっとあらわれ、狂気を帯びた座った目つきで妻を見据えたが、それは村を家まで歩いていく女を目で追っていた野生化した猫たちの目つきそのものであり、黄ばんだ顔にのった髪は縺《もつ》れて絡まったままぶるぶる震えていて、脇からは灰色の膿《うみ》がつまった両耳が突きだしていた。

この世のものとも思えぬその存在が自分の夫の変わり果てた姿だと、妻が認識するのに手間どっているうちに、夫は両腕で妻を抱きとめると敷居にどさりと崩れ落ち、スカートに顔を埋《うず》めて涎《よだれ》をたらし、自分たちの婚姻の不可侵性についてなにかぶつぶつ言った。それから女は虚ろな声で呻きだし、言った——主よ——そして言った——お前が死んだらよかったのに、この豚野郎——そして、また言った——主よ。女は男が起きあがるのを手伝い、家にいれてやったが、部屋には壊れた腰かけに割れたビン、前世紀に亡くなった親戚の、足跡がついた古い銀板写真《ダゲレオタイプ》が散乱し、その上を緑と黒の蠅が何百匹も唸りをあげて飛びまわっていた。女は言った——主よ、おお主よ——そして言った——主よ、私をやもめにしてちょうだい——そして言った——お前が死んだらよかったのに、この豚野郎。村のほかの家でもおよそ似たようなことが繰り返され、耳をつかんで瘴《しょう》気から引っぱりだされた男たちは、全身を洗われ、清潔な服を着せられ、呪詛の石つぶてを浴びせられ、顔面をひっぱたかれ、理性を曇らせる可能性があるものすべて——すえたリンゴに至るまで——は、さっさと隠され、容赦なく破壊されてしまい、日々の黒球が回るにつれ、アルコールの毒を押しだすか代わりを与えるかした妻たちは、夫たちにこう信じさせたのだった——夫婦二人こそが、あの真実なのだと——テーブルの下、唾を吸った吸殻、痰、ブーツから落ちた土塊《つちくれ》が散乱するなか大の字になり、吐瀉物まみれになってまで、中立地帯の圧縮された闇の中でしつこく探し求めていたあの。

　運命を試してやろうとして同い年の子供らが考案した遊びにベドラーギンはかかずらおうとはせずに、外界よりも内面に執着して、己の中に以前にも増して閉じこもりがちになった——だが、悟りへの渇望を満たしてくれるはずの蜃気楼のごとき終着点を目指して今まで歩んできた道は、あらぬところに向かう道だったのだ。ベドラーギンがパンと石鹸が配給される板張りの平屋のバラックの前で腹を空かせた行列に並んでいると、少年たちが声をかけてきたので、ついていくことにした。少年たちはバラック裏の壁際で立ちどまり、にやにや笑いを浮かべながら反りかえった板の隙間を指して言った——ほら、見ろよ。前かがみになって隙間を覗きこむと、薄暗く埃っぽい店内にしつらえられた棚には小麦粉の袋やパンの袋が見え、その上では店長が押し倒した売り子のスカートを背中まで捲《まく》りあげ、少しでも速く泳ごうとして水の抵抗など気に留めないスイマーさながらに、受ける抵抗を無視していた。ベドラーギンには売り子の顔は見えなかったが、身体の震え具合からどうも女は笑っているらしいと察せられ、やがて店長はズボンの留め金を外すと、女の上に覆いかぶさった。ベドラーギンは背筋を伸ばしたが、少年たちはこっちを見てにやにやしていた。一人目が言った——げす野郎だろ? 二人目が言った——いま驚かしてやったら、きっと離れられないぜ、犬みたいに。三人目が言った——列車みたいにな。リーダーの少年が言った——ほっとけよ——そして、ベドラーギンに言った——行って、いいかげん奴を女からおろしてこいよ。女が店を開けるだろうから。別の少年が言った——もう見飽きたろ。いつもこうなんだから。

彼は馬くさい学校に連れていかれ、読みあげられた新聞の文面を書きとらされたり、眼を威厳たっぷりに細めた男の巨大な肖像画の下でコーラスを歌わされたりした。歌の先生は、遮断機のように重い定規で、みなと一緒のタイミングで開けた口を閉じることにしくじった生徒の頭蓋を叩いてまわった。

秋になると子供らは庭に連れていかれ、手製の木の熊手と箒《ほうき》で落葉を集めて、大きくていまにも崩れそうな山を作ったが、それは日ごとにかさを増して黒ずんでいき、やがて葉がすっかり散って樹が裸になると、子供らは葉の山に火を点けたので、冬まで服からは煙の匂いと焦げ臭さが消えなかった。

霧の日には、半盲の女は鉄格子の向こうで十年過ごす危険を冒し、まだ若い麦穂を摘もうと霜で傷んだ黒い耕地に両手をついて這いまわったが、そのあいだ線路の土手の向こうに隠れたベドラーギンは、馬に乗った警備員が突然あらわれないか見張りをさせられた。しばらくして女が合図を送ると、ベドラーギンは土手沿いに、恐怖のせいで凍えることもなく橋まで歩いていって、たもとで落ちあったが、二人とも青くなり、全身が土まみれになっていた。そして、女は言った――いまいましいったらありゃしない。彼は言った――しかたない。女は言った――いまいましいったらありゃしない。そしてそれを家に帰りつくその瞬間まで言いつづけるのだった。

ベドラーギンをいついかなるときも支配していたのは、息をひそめ、混濁した歳月の奔流から一歩離れていたいという思いと――その時間の奔流に飲まれた人々は、泥濘《でいねい》、折れた枝、擦りきれた服、ひん曲がった銃、水に洗われて角がとれた骨といった物体に遮られながらも、理想を追い求めてひたすらに疾走していくのだ――産声をあげた瞬間から頭に落ちてくる法の影を欺いて、息をひそめ一歩離れて立ち、人々に助言を与えてやりたいという思いだった。

次第にベドラーギンの思考と願望にも変化が訪れ、色とりどりの女たちのことで頭がいっぱいになってしまった――女たちは彼を好いてくれ、手招きしていたが、そこに至る道を彼は知らなかった。道を見つけだそうとしてベドラーギンが耳を傾けたのは村はずれに住む婆さんの話で、それというのも婆さんは夜になるとしょっちゅうやってきては卓を囲み、五年前、片腕の男の通夜のときのように、バランスをとるのもやっとといった風情で椅子に座ってぐらぐらしていたからなのだが、ベドラーギンにかねてからわかっていたのは、婆さんが死者たちの武器としてこの地上を訪れているということであり、生者にはうかがいしれないなにかについて警告するために死者たちが婆さんの唇を使って話をしているということだった。婆さんはかすれてしゃがれた抑揚のない声で、咽喉と胸から聞こえてくるゼエゼエというラッセル音と、くしゃみと咳と鼻づまり混じりに、こう予言するのだった――飢え死にしたくなければ、バケツ一杯の水に糠《ぬか》を一匙《さじ》とニシン二匹、アカザを加えなさいな――ほかにも「妊娠したくなければ」、「冬も山羊に餌をやりたければ」、「結核や赤痢を治したければ」、「新しい命を授かりたければ」がつづいた。二十五歳のアンナが恋人のコレクションと過ごした破廉恥な夜の数々のせいで実家から追いだされてうちにやってきた晩、ベドラーギンは眠ったふりをしていたが、家には婆さんと半盲の女がいて、今世紀の初めに亡命してきたフランスの侯爵夫人が話をしに来ていた。少しして、婆さんはアンナに言った――もっともっとって欲しがる女はね、結局は一番小さいもので満足するはめになるんだよ、いつだって女が受けいれられないものなんてたくさんあるんだから。アンナは言った――そんなことないわよ。半盲の女は言った

――しっ。婆さんは言った――あの子が寝てるよ。アンナは言った――寝てないわよ。侯爵夫人は言った――二十五の女なんてさ、堕落してるにきまってるわよ。婆さんは言った――私たちに生きるように命じたお方は許しちゃくれないだろうね。アンナは言った――だれも私たちに命令なんてできないわ。みんな爆発があって生まれたんだもん。

　夜がふけてベドラーギンが寝入ったあとに、その運命を変えるために訪れたのは、影の軍団の大佐だった――大佐は陰気な、大柄の中年男で、小ベドラーギンがベドラーギンと称するようになり、姓と相続の呪いの重さを思い知る一年前に、ドイツ軍から村を解放した人物だった。だが、それはベドラーギンの家に宿営し、村人たちもよく顔を覚えていたあの砲兵隊の大佐ではなく、赤い星のマークが入った三機の戦闘機が照準を誤って、解放済みの村と自軍の縦隊に、軍馬、輸送車、野砲もろとも掃射を浴びせかけたとき、不眠のいらいらで土気色になった顔で玄関口に飛び出してきたあの大佐でもなく、空と戦闘機を引っつかんで引きずりおろし、膝でへし折ってやらんばかりに指を鉤型に折り曲げ、力強い両腕を頭上に伸ばしたあの大佐でもなかった。大佐は内臓を全部ぶちまけかねない声で叫んだ――ここだ！　撃つんじゃない！　俺たちがここにいるんだぞ！　ここに俺たちが！　奴らに旗を振れ！　泣きじゃくりながら喚《わめ》きつづける大佐のしゃがれ声は調律中の音程はずれの楽器を思わせたが、喉から血を吐いて、手すりにしがみつきながら玄関口に倒れこむところを大勢の人間が目撃していた。兵士たちはその体を持ちあげ、輸送車に載せると、袋で覆い隠し、転戦するため運びさった。前任者に死臭がぬけない袋をかぶせたまま、輸送車に置き去りにしたのか、あるいは上方へ、影の中へと続く螺旋《らせん》階段のどこかに置いてきたのか、六年二か月後の夜更けに村に戻ってきた大佐は、軍人というよりは結婚以外の出口が目に入らない娼婦のようで、振る舞いに予測できないところがあり、顔面は抱えこんだ責任のせいで麻痺してしまっていた。大佐はベドラーギンが寝ているときに入ってきて、半盲の女に支度を整えるよう告げ、ほかにもいろいろと話していた。朝になって、半盲の女はベドラーギンに家を出ていくと告げた。彼女はなにやらずっとしゃべっていたが、気が滅入る悲痛なその声は、他人の話を理解するという重荷を放りだした片腕の男に話しかけていたのと同じ声だった。ベドラーギンは訊ねた——どうやってそいつはあんたの夫が亡くなったことを知ったのさ。壁を見つめながら、女は言った——私が手紙を書いたのよ——そして付け加えた——あんたも一緒に来るべきだって言ってたわ。彼は言った——どこに？　女は言った——モスクワに。彼は言った——行かないよ。女は言った——そう言うと思ってたわよ。大佐が入ってきて、公証人に会いに街に出発する時間だと告げた。ベドラーギンは言った——出ていきなよ。大佐は無言で出ていった。半盲の女は言った——このくそがき。彼は言った——ここはぼくんちだ。二人は街にでて、ウォッカを買ったあと公証人のところに行き、そこで半盲の女は贈与証書やなんやかやの書類を公式文書にしてもらったが、それが定めるところによれば、ベドラーギンが成年に達した場合、三か月以内にしかるべき手続きをおこなうことによって家主の権利をえることになっていた。出発する前に大佐が言った——存在するものは、遅かれ早かれ存在することをやめ、代わりに別のものがくるが、前よりよくなるとはかぎらんぞ。そして、二人は出ていった。

それからベドラーギンは、飢えた女たちが埃が積もった白茶けた道にでていって宙に溶けて跡形もなく消えてしまったあとで、不具者と怪我人がしたことをした。一時間のあいだ、彼は空にした半リットル瓶を前に陣取り、救済について思いをめぐらせ、母胎の温《ぬく》もりを懐かしんでいたが、それからしゃっくりをしながらよろよろと庭に出て、吹けば飛ぶようにささやかな自分の遺産を検分してみようとした——それは三棟の家屋からなっていた——夏用の厨房に、それと軒を接する母屋、雨で黒ずんでしまった納屋（厳密には納屋ではなく、薪用の雨よけと土蔵とでも言うべきか）だった。リンゴとスモモの樹の下をぶらついて、甜菜《てんさい》とジャガイモを植えた畝《うね》の数を数えた。鼠の鳴き声がする夏用の厨房をふらふら歩きまわり、シチュー鍋や深皿、火鉢をひっくり返してみて、棚に残されていた二つの背嚢に気づくと、中に肉のパテ入りの暗緑色のブリキ缶、板チョコ、乾パン、脂肪の厚い層に覆われたスパム缶が十個ほどあるのを見つけ、軍用品の肌着、士官用のショートコート、士官用のブーツに真新しいゲートルも見つけた。

朝、彼はいままでになかったほど——生まれた瞬間をのぞけばという話だが——具合が悪かった。猫がまとわりついてきたが、家に丸一日いただけで、蚤と猫臭さを残して出ていってしまった。彼は村はずれに住む婆さんのところに行って訊ねた——家に蚤がわいたらどうしたらいい？　婆さんは言った——ヨモギを摘んできて床に敷きなさい——それから言った——家に猫を入れるんじゃないよ。彼はヨモギを摘んでくると、床に敷きつめた。

一週間後、訪ねてきたアンナが部屋に足を踏みいれたが、そこには乾燥しきったヨモギ、対戦車壕、カモフラージュ用のネット、バリケードなど、猫の侵入から家を守るためにしつらえた酔っぱらいの妄想の産物が設置されていて、そのただ中でベドラーギンは、村はずれに住む婆さんと今世紀の初めにフランスから亡命してきた侯爵夫人のために半盲の女が物置にとっておいた、最後から二番目の濁酒の瓶を飲みほしているところだった。彼は頭をあげて、アル中が発症する離人症特有の何ものも貫くことができない透明な壁ごしに二十五歳の女を見た――女はぱりぱりと音をたててヨモギを踏みしだきながら歩み寄ってきて指をパチンと鳴らしたので、急所を突かれたベドラーギンは隅っこに飛びのいた。流星群にも耐える透明な鉄壁が、女の指のパチリという音ひとつでひび割れて粉々に砕け散り、彼は裸で、無防備に、惨めに、時間の濁流に飲みこまれてしまったように感じた――その濁流のなかで人々は、泥濘と折れた枝、擦りきれた服、ひん曲がった銃、水に洗われて丸くなった骨といった物体に遮られながらも、理想を追い求めてひたすらに疾走していくのだ。アンナは言った――家を追いだされちゃってさ――そして破滅的で悪魔的とも言える微笑を唇に浮かべた。彼は言った――そうか。彼女は言った――ここに泊めてもらいたくてさ――そう彼女は言った。彼は言った――ええと、そこに……。彼女は言った――ほんとに泊まる場所ないんだって――そう彼女は言った。彼は言った――わかったよ。彼女は言った――ほんとに泊まる場所ないんだって――そう彼女は言った。彼は言った――わかったよ。彼女は言った――ありがと――そう言ってクックッと笑った。彼は女を見て言った――もう一度笑ったら鼻面をぶんなぐってやる、夜這いをかけてきたら鼻面をぶんなぐってやる、朝の七時になってもうちにいたら鼻面をぶんなぐってやる

——こう女に告げたのは、指のひとならしで粉々になってしまった透明な鉄壁の復旧にとりかかりたくてうずうずしていたからだった。

もちろん、夜になってアンナは部屋にやってきた——素足に踏まれたヨモギがたてるぱりぱりという音が聞こえると、鼻面を殴りつけるかわりに彼はこう言った——蚤がいるよ。彼女は言った——蚤なんてどこにだっているわよ。彼は言った——どこにだっている。彼女は言った——たいしたことじゃないわね——そして訊ねた——あんたいくつなの？　十七歳？　彼は言った——たぶん五十歳。でも十七歳って言われるよね。彼女は歌うような調子で言った——おしゃべりはもうたくさん。そしてアンナは、前線送りになったどんな新兵もうけたことがないような、火葬場の窯《かま》送りになったどんな死体もうけたことがないような、無音の爆撃と集中砲火を浴びせてきた。その唇、腕、胸、脚に触れると、ベドラーギンは感電してしまった。肉体を灼熱の溶岩流に変えたアンナは地震と熱風を呼びよせ、目もくらむ閃光と纏《まつ》わりつく息苦しい闇が順繰りにあらわれた——されるがままになったベドラーギンは、こうやって宇宙も開闢《かいびゃく》を迎えたのだと結論した。

朝、アンナは出ていったが、彼はその後姿を見て思った——きっと帰ってくる。一か月の間、彼が床からヨモギを掃きださないでおいたのは、夜寝ているときに、ぱりぱりという足音が聞こえ、破滅的な微笑が期待の暗闇に浮かぶのを見こしてのことだった。それからヨモギがただの干し草にかわってしまうと、家に鼠がでるようになって、夜間に鼠のたてるがさごそという音を女の素足がたてる忍び足と聞きまちがえることが増えたので、彼はそれを掃きだしてしまわなくてはならなくなった。ほどなく彼もほかの村人たちとともに知ることになったのは、アンナは背の高いハンサムな男と街にでていったということだった。しかしこの情報が、彼女の帰還というベドラーギンの信仰を揺るがすところは僅かだった。霜に覆われた菜園を除草し、畑の畝に乾いた糞の肥料を撒きながら、彼はぶつぶつつぶやいていた——街ってなんだよ、どこのどいつが作ったんだい。だが、希望を胸にひめたまま一年半がたち、ついにその日がやって来た——すでに灰になってしまっていた信仰で暖をとりながら、斧を手に庭に立ってわが家を眺めていると、あいつを片輪にし、犯しつくし、殺しつくしたいという欲求が湧きおこってきた——そしてその日、手から釘をぽろぽろとり落としたベドラーギンは口に出して言った——俺はなんてばかだったんだ、あいつはとんでもないあばずれだった……。

己の一切の言動を停止しようとしてベドラーギンが、賑やかな灯りがともった碇泊地への寄港を排除し、断固として引いた直線を十字の形に延ばすと、ふたたび彼と世界のあいだに壁がせりあがってきた。時間の流れから弾きだされたという欺瞞に満ちた幻想に想像力をのっとられたベドラーギンの血中では、片腕の男の肉体《オルガニズム》の細胞ひとつひとつを死滅に至らしめたあの力が発酵し、すでに両腕、両脚、首筋を動かし、咽喉を乾かし、その目に暗澹《たん》たる明晰さを育んでいた。自分が家で酔っぱらえば、だれにもそのことはわからないわけだが、庭で酔っぱらえば、大勢の人間にその姿を見られるだけでなく、自分が進む妥協なき航路——それは傍からは曲がり縺れたようにしか見えないが——も見られることになり、さらには自分が鉄道の法面《のりめん》の下の池に転げ落ちたり、転倒して排水溝の汚泥に頭を突っこんでしまい、突きだした尻に力をいれているところまで見られたりすることになる。身重の猫が対戦車壕を跳びこえ、バリケードを突破し、カモフラージュ用ネットの機能を看破してまで夢にあらわれては、歯を針にして陰嚢をひっかけるので、覚醒の荒野に向かう道すがら、ベドラーギンはそいつを柱で何度も押しつぶしてやった。次の夜は、群衆を跪《ひざまず》かせようとして掲げた手のひらを蛇に嚙まれると、急に腫れあがって重くなった手は群衆を上から押し潰してしまった。

村はずれに住む婆さんは、言うことを聞かない指をひとまとめにすると、半盲の女に手紙を書き、帰ってくるよう訴えたが、半盲の女はなにかの病気で来ることができなかった。

大佐がやって来た。だが、この大佐はいつぞや戦闘を指揮していたあの大佐ではなく、半盲の女を連れ去って婚礼の花輪を女の頭上に掲げ、その重みで大地に屈服させるために村を訪れたあの大佐でもなかった。大佐はすっかり肥満していて、袋に入れたもうひとりの大佐を載せた荷車を引きずっていた馬のように、自分の体を引きずることを半ば余儀なくされていた。秘密のように暗いその顔は、不意に作法を思い出すときに浮かぶ急ごしらえの微笑によって、真っ二つになってしまうこともままあった。大佐はトランクからウォッカ一瓶と缶詰数個をとりだして開けた。ベドラーギンと二人でウォッカを飲みほしてしまうと、大佐は運転手に金をわたし、運転手はもう三本、瓶を持ってきた。二人が卓を囲んでいるあいだ、運転手は車内で眠っていた。大佐は大口径機関銃の弾丸からとった緑色の薬莢《やっきょう》に灰を振り落としながら、煙草を喫っていた。大佐は半盲の女が立てるようになったらすぐにこっちに来させると告げて、さらにこう言った——あいつも恋しがっていてね。ベドラーギンは言った——ぜひよこしてください、ぼくも恋しいので。大佐を見つめるベドラーギンが感じていたのは、光も世界の輪郭もすべては原子になって拡散していき、音も大気中に拡散していくということで、大佐の声もまさに砂粒の擦れる音のようだということだった。それから大佐は立ちあがってコートを羽織ったが、ベドラーギンは座ったままで、大佐は見送りは不要だから、もう寝たほうがいいと言い、そして、おそらくは尋常ではない努力をして、七年前に喉からラッセル音とともに血を吐いた玄関でも戸口でも立ちどまらずに、家から出ていった。

影の軍団の大佐が話していた「最低限の生活費」や、法律に頼らずに独居する費用についてベドラーギンはしばらく考えてみた結果、森からほど近い赤煉瓦造りの病院の産科で働くことにした——二か月と四日のあいだ、歯を食いしばり、窓の隙間を埋めるパテで鼻を塞いで、（戦後、政府から奨励された）妊産婦たちの体の下から引き抜いて集めてきたシーツと枕カバーを腐って軋む荷台に載せて、夕暮れの庭を黙々と引きつづけた。死体安置所から五十メートルのところにある、さほど高くない灰色の建物の地下にしつらえられた洗濯室で、彼は汚れた下着の包みを床に降ろすと、掛布団のカバーをほどき、二本の指でシーツを一枚一枚持ちあげながら声に出して数え、痩せたせむし男の足元に投げだしたが、意識を蝕《むしば》みかねない悪臭にもまったく無頓着なその男は、あたかも生まれたところに日々はいはいして戻って、そこで生まれなおそうとしているかのようだった。夜、婦長が医療用アルコールをコップ半杯注いでくれたが、ベドラーギンは言った——こんな場所でこんなことをして生きる意味なんてない。七月の終わり、つまらなそうにしているせむし男の前でシーツを数えながら、彼は告げた――これがぼくの最後のぶんです。せむし男はにやにやして、シーツと枕カバーを包みに突っこみ、肩にかついで洗濯女のほうに引きずっていった。ベドラーギンは外に出て、歯を食いしばり、パテで鼻栓をしたまま、村をながいことねり歩いていたが、パテをほじりだして、他人の家の庭の塀をよじ登って越えると、バラの花壇に静かに落ちた。

彼が貨物列車の車掌として過ごした期間は、赤煉瓦の病院の産科で雑役夫として過ごした期間と比べてもさらに短く、ロストフまでの行き返りに必要なまる十七日だったが、それというのも最初の夜、ペアになった乗務員がけつを突き出すだけでいいから女役をやれと言ってきたせいで、まる十七日のあいだ、殺人衝動が頭から離れず、スパナを手放せなくなり、男であることも女であることもやめたくなって、怒りの沈黙で貝のように体を硬くしたが、お産の悪臭はいまだに染みついて離れなかった。

人生の証人から逃れようと固く決意して寒々しい家に帰ってきたベドラーギンは、四枚の壁の中に閉じこもり、二十歳になるまでは受けた痛手をこらえ、噛みしめて暮らすことにした――村はずれに住む婆さんの話では、ベドラーギンの受けた痛手のヴィジョンが、朝方に激しく痙攣するオレンジ色の蜘蛛《くも》の糸の綾目模様となって見えたのだが、婆さんの祈禱と哀歌と占術のおかげで、ひとつになって溶けさってしまったのだという。そして、気づけば薪小屋はほとんど空になっていて、秋雨が屋根に張った年代物の薄いタール紙を穴だらけにし、庇から耐水性の樹脂塗料を洗い流してしまったばかりか、残った木端にまで湿気をたっぷり吸わせてしまっていた。根で自分の希望の墓を絡めとった庭のリンゴの黒い木の下に立ったベドラーギンが感じていたのは、百年後もふたたび十二歳の男児としてこの村を訪れるだろうということだった——自分自身を無限に反復しながら、肉体をすり潰すために内地の溝を突き進み、肌寒い秋に草原の方から進入すると、必然的に左手には川、右手には森を望むことになり、尖った石もガラスの破片ものともしないその裸足の足裏は、変わらずひんやりとしたままの大地を感じとるだろうということだった。

そしてベドラーギンは村はずれに住む婆さんのところに行って訊ねた——どうやって暮らしていけばいい？　だが、秋の訪れごとに婆さんの脳はドライアイスに変性してしまい、心臓は日に一度しか鼓動しなくなり、死者たちに見捨てられた舌はぴくりとも動かず、窓からの光の細流が角膜を経てかろうじて魂に流れこむだけで、それ以外のものはみな塵にしか映っていなかった。今世紀初頭にフランスから亡命してきた侯爵夫人は、村はずれに住む婆さん同様、秋になると助言を拒むようになったが、学校のボイラーマンになったらどうかとはほのめかした——なぜって——彼女は言った——じきに冬だから——そして、言った——樹を燃やす時期よ。庭に生えてくる猫柳の伐採を手伝っているアンナの父親にも同じことを言われたので、ベドラーギンは答えた——わかった——それから訊ねた——アンナから手紙はくる？——アンナの父親は横目で彼を見ながら「くる」と答え、訊ねた——なんでだ？　彼は言った——べつに——そして訊ねた——村には寄らないの？　アンナの父親は言った——いいや。ベドラーギンは訊ねた——どうして？　アンナの父親は言った——

俺があいつを殺しちまうからな。

　九月の終わり、ベドラーギンは校長のところに行き、ボイラー室で働く気があることを告げた。校長は夜勤もできるかと訊ねたので、できますと答えた。校長に指示された北棟に行き、地下につづく階段を降りていくと息苦しく狭苦しい場所にたどりつき、煤けた長椅子、がたつく黒ずんだ机、開けはなたれた鉄炉、そこに蝶番ひとつで取りつけられた蓋、大釜、蒸気の熱を伝導し循環させる錆びたパイプが見えた。ボイラー室には、杭で地面に固定した三枚の大きな板で仕切られた一角があり、その裏の炭山の上にはスコップとぼこぼこにへこんだ黒ずんだバケツが放りだされていて、頭の高さのところに打ってある鉄道用の犬釘には、湿気のせいで緑色に錆びた銅線でぐるぐる巻かれた灯油ランプがかけられていて、その炎を瞬間、垣間見たただけで、彼は旅の終着点に辿りついたことを悟った。長椅子には薄汚れた身なりの赤毛の男が座っていた。たくましい両肩は炉から向かいの壁まで空間を占有し、机よりもはるかに幅が広いように見えた。その背後には闇が石化し、建物と一体化して双肩にのしかかっているようで、もし男が立ちあがろうとすれば、学校全体が一緒に土台から引き剝がされて持ちあげられてしまいそうだった。ベドラーギンがボイラー室に入ってきたとき、大きな鼻と万力のように閉められた唇と、草を咀嚼《そしゃく》する雄牛のように突きでた力強い顎をした男の顔は、炭と煤の粉が固まってできた外皮が、額や頬や唇の筋肉神経を鍛接してしまったかのように微動だにしなかった。何分の一秒という瞬間、男の両目がベドラーギンに固定されたかと思ったが、すぐに視線は彼方へと流れさってしまい、その様子は川に小石を投げこんで大洋までの流れを堰《せき》とめようとしたかのようだった。ベドラーギンはじっと前に立ったまま、男が死ぬほど酩酊しているのか、極端な嗜《し》眠に冒されているのか決めかねていて、ついに出ていこうとしたとき、岩石の層が剝落するかのように赤毛の男の顎が突然動き、内発的な刺激をうけて今までの静の表情は消え去り、内側から壁を思いっきり叩いたときのように顔面が崩壊して無数の黒石になって砕け散るのは必至とも思えたが、血潮があげるうるさいほどの呻りの奥から、それでもベドラーギンの耳に届いた声には、自己への憎悪で満ち満ちていた——六本指の足をした男に会ったことはあるか？

以来、秋の夜を、二人は開け放たれた鉄炉からの炎の照り返しに染められながら煤けた長椅子に座って過ごすようになったが、男は痛みがあるとも、障害に苦しめられているとも一言も漏らさなかった——たとえ神が定めし五本指のかわりに四本指しかなかったとしても、まったく自然なことだとして。獣じみた妥協のなさと、己の正しさの証としてよく使われた怪物じみた腕力を備えた男は、自分をこの世界が生み出した奇形だと認めることを頑なに拒んでいたが、心の奥底では——ベドラーギンも思ったように——そういった態度が自分を正当化するどころか、他人を傷つけるということを意識していた。一年前、左足の親指の脇から六本目の指が青白い節となって芽生えはじめたとき、赤煉瓦の病院の院長はこれはたこだと主張して、フリーサイズの靴を処方してくれたが、村はずれに住む婆さんは今までの罪を思い出して洗いざらい懺悔するように言った——それができないなら——婆さんは毒づいた——額じゃなくて足に角が生えてきたことを神様に感謝するんだね

――さらには、過去の女が不貞を働いていたことをほのめかしたので、激昂した男が婆さんの前でズボンを脱いで、その忌々しいあばずれどもはほかになにが欲しいのかと説明を迫るという事態を招き、それで下顎の痙攣がとまらなくなった婆さんは、自分で耳の中を針で突いて、三時間ぶりにやっと口を閉じることができるようになる始末だった。しかし、そのあからさまな不条理にもかかわらず、婆さんの言葉は男の頭から片時も離れることがなく、六本指から逃れる術を探すのと同じ昏《くら》い情熱で、その原因探しにもとりかかった。

　同情と恐怖に衝き動かされたベドラーギンは病院に行って、神の法と社会主義の原則に照らしても余計な指を、クリーシンが気が狂って医者を殺すまえに切ってしまうよう頼みこんだが、肉体の要請に従ってひとたび片足に六本目の指が生えてきてしまった以上、たとえそれが九本指になろうとも、健康な指を切除することは医者にはできないと言われた。この一縷《る》の望みも途絶えてしまうと、クリーシンは脳に爆弾をかかえたまま自分の中に完全に閉じこもってしまい、炭と煤の外皮に覆われたその顔は、秘密を抱えこんだ人間同士の顔は似るものなのか、影の軍団の大佐を彷彿《ほうふつ》とさせるようになった。十月のある寒く薄暗い日に早めにボイラー室に来たベドラーギンは、地下室に降りる階段でクリーシンと鉢合わせした。連れだって外に出たベドラーギンは靄がかかった瞳で、ついに爆弾が破裂したということ理解した。よく研いだ鑿《のみ》と槌《つち》を握りしめたクリーシンは病院に向かって、復讐のコンパスの針――この長い眠れぬ一年のあいだずっと念頭を去らなかった――が指し示す最短距離をたんたんと歩きはじめた。そして学校から病院までの道のりのあいだ男は一言も漏らさず、無言で病院に歩いていき、外科の診療室の前の長椅子が並んだ廊下を通って同じように無言で診療室まで歩いていき、ドアを開け放した。外科医にも、若い看護婦にも、釘を踏んでしまって笑いつづけている老人にも目もくれず、男は木製の腰かけを引き寄せると左足からブーツを抜いて包帯をほどき、脚を腰かけにのせ、よく研いだ鑿の刃を六本目の指の根元に素早くよどみない動作であて、外科医の甲高い悲鳴があがる前に、若い看護婦がその場を離れて廊下に出る前に、わずかに振りかぶったかと思うと、力を込めて鑿の尻に槌を振りおろした。クリーシンは手から工具をとり落として、腰かけにゆっくりと崩れ落ちたが、それでも己に勝利していた――終戦以来の敵の不在が、男の人生を一心不乱の自己破壊へと変貌させてしまい、男は敵と戦うかのように己と戦闘を繰りひろげていたのだが、六本目の指が生えてきた原因はいまだ不明のまま、それでも漠然と感じていたのは、こうして鑿を研ぐのは、去年の人生の意味を切りはなすためだということだった。

六本目の指の切除は、その年もっとも破廉恥かつ罰当たりな事件として村人たちに受けとめられた――村はずれに住む婆さんが、口をはさむ余地なしと自認していた己の権威を失墜の危機に陥れてまで、クリーシンの行為にきわめて批判的な態度をとったにもかかわらず、食べものがなければ胃を切りとればいいと吹きこまれたりしないように女たちが子供にクリーシンのところに行くのを禁じたにもかかわらず、大多数の人々はその行動に肉体的苦痛にたいする人間の魂の勝利を見いだし、そういう見方は兵役逃れに手足を切る者や自殺者を称揚することになりかねないという婆さんの言葉は不信の海に深くに沈んでしまい、その海底には月旅行計画、原子をさらに分割する物理数学の公式だけでなく、形質遺伝にかんする生物学的データも遺棄されていた。そのうえ、影の軍団を率いる大佐が、カエサル主義者への攻撃を指揮していた遠方の街で、身を清め歯を磨いたロシアの化身である子宮外経済学の父が、まさに鑿と槌を用いて、国債の偏平足に生えた無用の指を制裁しなくてはならないという護民官からのお触れを伝えたという噂が流れた。

そうこうするうちに、画家パールが――彼こそがこの噂のもとだったのだが――伸ばし放題にした薄くなった亜麻色の頭髪を、ぼろぼろになった茶色のつば広の帽子の下からのぞかせて市場に立つようになった――彼は、ざわめきが巻きおこすけたたましい風が、せっかく丁寧に陳列した玉蜀黍《とうもろこし》の穂や靴下、糸、蓄音機の針の沈黙に、埃を舞いあげてかぶせてしまうただ中で、可憐な春の花を描いた明るい色合いの小さな静物画、白い夜会服をまとった見目麗しい女性にひざまずく騎士たちを描いた鮮やかなスケッチなどをベニヤ板の上に並べていたが、潤んだ、ビロードのような両眼を咎めるように人波にすべらせていた――もう三十の声を聞くのに、いまにも泣きだしそうにむずがっている十五歳の少年の面影を残した蒼白な細面は百五十センチしか身長がないことにたいする無言の抗議のために天を仰ぎ、そのせいで鋭角に突きだされた髭のないすべすべした顎はほっそりした白い首すじにかかる庇のようで、その首も着まわして傷んだロングコートの立てた襟の奥に消えてしまっていたが、骨ばり痩せこけ、浮浪者然としたうだつのあがらない風采に悔し涙を滲ませて歩くときには、そのコートの裾もほとんど地面にひきずってしまうのだった。パールは絵を買う気もないのに挨拶してくる声に耳を傾けず、呼びかけや煽ってくる叫びは聞こえてはいたが、頭には入っておらず、ましてや繰り返すことなどできず（その声はパールの意識では、呻り声がいつまでも響きわたっているようで、それはまさしく、この静謐《ひつ》を奪い去られた現世を、風が塵と罪を掃き散らしながら吹きさっていくときの呻りなのだった）、静物画の空色の花の上に、風に舞いあげられた埃が積もっていることさえ気がつかず、赤字か黒字かという計算の流砂にそろそろと足を踏みいれては、富への道——それは浪費への道と重なったが——を見つけだそうとして深い思索に沈みこみ、波間にぴょこぴょこ跳ねながら漂いうなずきあう他人の頭の上に、黙ったまま視線を向けた。だが、ふとした瞬間に、一切は台無しになってしまった——その蒼白な細面が激怒の渋面に歪んでしまうところをだれも目撃しなかったにもかかわらず、次の瞬間、まくりあがったコートの下から勢いよく飛んできた蹴りがはいって、スケッチを並べていたベニヤがひっくり返った。左側に立っていた商人は、狂気の発作をおこすと画家パールがきまってちらつかせるナイフがまた光った気がして、のっそり、もたもたと脇に飛びのき、一方で胸の大きな大女は足元に落ちた絵を拾いあげようと、肉づきのいい膝を割ってのっしりとしゃがみこんだが、画家パールは押しつぶされたようなしゃがれ声で言った——触るな——そして言った——このあばずれめ、触るな——それからこう言った——おれがいないときに触ることはできるだろうけど、いまは触るんじゃねえ。それから、唇をわなわなと歪ませ、天を仰ぐのだった——しばらくして背を向けると、ロングコートの埃まみれになったぼろぼろの裾を痩せた脚に絡ませながら、無言で村をのろのろ歩いていくのを人々は見ていたが、やはり天を仰いだままで、額に心臓をいれた盃をのせて運んでいるかのようだった。

際限なくうろつくのをやめようとした画家パールが学校のボイラー室に降りていき、ベドラーギンの中に富の源が眠っていることに気がついたあの日、だれにもなにも話さなかったが、脳裏にある計画がよぎったのだった――ある意味では自分の画才が十分かどうか確かめるため、ある意味では労力を無駄にしないために計算と調査を重ねた結果、その計画がしっかりとした根拠があるものになったあとでさえ、パールはずいぶん長いあいだ、だれにもなにも話そうとしなかった。彼は歩いて隣村に出向いたが、そこには戦時下に破壊されながらも、夜毎の良心の呼び声に耳を塞がれた人々が、同胞《はらから》の発見と赦しを絶望的に希望して、少しずつ復興を進めてきた、いまだ活動中の教会があった。だが、人々が弾痕を石と煉瓦で塞ぎ、崩れたところを補強し、周囲の着弾跡のクレーターを埋め、銃弾の雨が降りそそいだ北側の壁を粘土で塗り、さらには聖所、啓蒙所（そこでは小さな十字架やマッチ箱サイズの胸かけイコンが売られていた）を整えたとしても、聖人たち――連行され、焼かれ、あるいは両軍の兵士にただ射殺されたものたち――の顔をキャンバスに描くことはできないままだった。それゆえ、教会が教会の内部ですることはみな、なにかしらを欠いてしまっているか、そうでなければやっつけ仕事にとって替えられており、そうしたものたちは焼失を免れた数少ない聖像画《イコン》の、機銃掃射を浴びた顔と相まって、良心の声に耳を傾け、神を見いだそうという希望を抱いて教会を訪れた人々に戦慄と不安を呼び起こすのだった。そして、人々は几帳面なまでに整えられた、肌寒い聖所の中央で足をとめ――そこでは、埃の微粒子ですら、かつての血なまぐさい戦闘の影を湛えていて、頭上の鐘よりも銃声や悲鳴のほうがよく響き、暗い片隅には隙間風にさえ触れられることのない惨劇の瞬間を記録した時間の澱《おり》が見え、火薬の乾いた匂いと鼠の糞の匂いが停滞した空気に漂っているのが感じられ、そのせいで教会に漂う匂いはみな、存在そのものの意味を定義する意味を隠していることがうかがえるのだった——白く広い額に穴を開けられた聖人や、一つ目と、もう一つ目の場所に開いた穴でこちらを見つめてくる聖人に祈りをささげるのだった。誰かの顔を描く能力もなければ、描こうとも思わない画家パールが（彼の意見では、そんなものは労力を費やすにまったくもって値しないのだった）、ベドラーギンの容貌に見いだしたのは、教会特有の生気のない従順さ、すべてを赦す柔和さ、瞳に映りこむ避けがたい破綻の兆しであり（それは家屋、薪小屋、黒いリンゴの木のわきの土蔵や、一度だけ会いに来た女、歯を針にして陰嚢をひっかけようとする身重の猫がのしかかってくる夢、挙句の果てにはこの世のあまねく嘘と罪を磁石のように引きよせるその面持ちも全部ひっくるめて、ベドラーギンが受け継いだものだったのだが）、ついに画家は教会に奉仕《サービス》の提供を申し出たのだった。価格を決める前に、画家は教会の人間とキャンバスと絵の具について話をまとめ、キャンバスを自分で嵌めこむために、表面のラッカーが剝離しただけで無事だったイコンの額縁を一時的に貸してくれるように頼んだが、それというのもいかに見事にキャンバス上に絵を描いたとしても、いったん巻いたあとで見せるために広げたものより、古びた額縁を用いたほうが絵というのは栄《は》えるものだということがわかっていたからだった。同意をとりつけると、彼は料金を設定したが、それは安すぎず、高すぎず、むしろお試し価格的なものだった。それからパールはキャンバスと額縁と絵の具を自宅に引きずっていき、窓と光を背にして自室に陣取り、三日のあいだ絵を描いていたが、それぞれの紙に真っ先に黄色い光輪——画家の意見によれば、光輪を描きいれることで謎めいた従順そうな賢さを、太古の昔から光輪の下に存在していた顔にまず与えなくてはならず、また同様にして絵の中に芽生える悪徳と虚栄の連鎖を早めに切断しなくてはならないのだった——を描いた。三日目の締めくくりに、自分のなけなしの創造力の産物をじっと見て満足したパールは、歴史家か政治家にでもなったつもりか、けしてやってはいけない、今後も絶対にやられることはないことをやった——つまり、光輪を塗りつぶして消してしまったのだ。光輪を剥奪された顔をあらためて見ると、濃い怒り汁が脳に注ぎこまれたようになってしまい、見つからないナイフを無様に手探りする両腕は力が抜けて、ばらばらになってしまいそうだった。だが、狂気の発作がおさまると、画家はそんなことはたいしたことじゃないと思いなおし、四日目に学校のボイラー室にあらわれて、クリーシンとベドラーギンに自分の計画を洗いざらいぶちまけ、売り上げの山分けを約束した。それから窓と光を背にして自室に陣どり、反《そ》ったベニヤを釘で打ちあわせて作ったイーゼルを目の前に据え、ベドラーギンに言った——昔持っていたけど、今は失くしてしまったもののことを考えてくれ——そこでベドラーギンは、黒いリンゴの木の根に絡みとられてしまった希望の墓について想いをめぐらせた——初秋に、彼は墓の上に立ってみたことがあったが、それは彼がけつを突きだして女役をやるよう強制され、結局果たされなかった殺人を思いたった後のことで、命の誕生の匂いを、焦げ臭さで締めだしてなんとか逃れようとする前のことだった。

しばらくして日が暮れると、パールは仕事に区切りをつけ、ベドラーギンを帰した。集落に自分の家が見えてくるとすぐ、ベドラーギンは壁ごしに影に気づき、だれかが家にいると感じとった。壁を透視する自分の能力を頭から信じきり、彼は中庭から入って玄関口の階段をのぼり、扉を開け、ズックの長靴の匂いのあとに黴臭《かび》さが漂ってくる廊下を抜けて、ついに部屋の窓辺にアンナを見つけた。彼は死にたくなって無言で部屋の入り口に立ちつくすばかりで、意思なきその両手は重く垂れさがってぶらぶら揺れ、力も血も骨の硬度も失くして濡れたロープのようになってしまい、彼女はといえば夜ごとの夢や願望のなかで乾いたヨモギを渡ってくるときよりもずっと現実感がないように思えたが、いまの彼は彼女を必要としていないのだった。そして、アンナが実際に戻ってきて、光をあてた薄手のカーテンのように家の壁を透かしてその影が見えたこと、いま窓辺に立っているのは身体も顔も痩せ、病的な美しさを湛えてはいるものの、以前と同じほかでもないあの彼女であり、だがいつものように、その弱者の力で要塞を陥落させ、稜堡を壊滅させようとし、その痩身の儚《はかな》さで門を破り、鍵を壊し、脳を焼き、万物を一から創造し、ふたたび生きなおすために世界を破裂させる気でいることがわかるとすぐにベドラーギンは分別臭く、決然と告げた——失せろ——そしてもう一度言った——失せろ——確かだったのは、眠りに落ちるまでのあいだしか彼女の来訪を覚えていることはできず、翌日には忘れてしまい、朝ふたたび彼女がいることに気がついて、今日言ったことをまた言わなければならないということだった。だが、目覚めたときはっきり覚えていたのは、アンナが家にいるということで、目覚めた最初の瞬間に思い出したのは——気づかないうちに——彼女が自分の泥だらけの長靴と焦げ臭い作業着を脱がせてくれたということだった。アンナはテーブルについてこっちを見ていたが、ベドラーギンが立ちあがって、すっかりきれいになった長靴と作業着を身につけると、なんの感情もこめずに告げた——あんたの友達が二人、来たわよ——そして言った——あの画家、私も知ってるけど、あいつは気違いだわ——それからゆっくり、ベドラーギンの重苦しい沈黙を気にしないでしゃべった——私は言ってやったのよ、こっちは屑に用はないってさ。こちらが癇癪を破裂させて繰りだす罵倒と殴打に耐えるため身を固くしているらしいアンナが、どんな意図でそんなことを言ったのか推し量ろうとして、昏い、虚ろなまなざしでじっと見つめていたが、ふと、その張りつめた白い顔の、皿のように見開かれた大粒の瞳の中に、さっきの言葉ではなく、以前ほかの男と出ていったことを罰してほしいという願望がこわばっているのを見て、彼は、アンナの父親の手がずっと前から振りあげられたまま、娘を殴り殺すために帰還を待っているのだから、自分が手を上げる必要もないと考えた。

だが、ベドラーギンから娘が帰ってきたと告げられても、アンナの父親は薪から腰を上げようとさえせず、向日葵《ひまわり》の大粒の種を不機嫌そうに嚙んでは吐きだし、歩行するためではなく馬の脇腹を締めつけるためにあつらえたような湾曲した短足を折って、背を丸めて座りこんだままこう冷たく言いはなったのだった——それで？——そして、言った——そう、帰ってきたのか——それから、落ち着き払って言った——あいつの顔面を殴ってやれ、父親が命じたって言ってな。ベドラーギンが立ち去ろうとして背を向けると、アンナの父親は言った——おい——そして、言った——待てよ

——それから、言った——ウォッカを飲もうじゃないか。二人でウォッカを飲みほし、色落ちする草で着色した濁酒を飲みほしてから、アンナの父親が言った——あいつと子供を作れよ——さらに、こう言った——作れよ、と言ってるんだ。ベドラーギンは言った——了解。アンナの父親は焼け焦げた濃い眉をひそめて言った——作れよ。ベドラーギンは言った——はい——そして言った——作ります——そして言った——きっと——それから言った——一人、二人、三人、四人の子供を。アンナの父親は言った——おまえはなにをほざいてるんだ？　ベドラーギンは言った——二十人、三十人、四十人の子供、百人の子供、アンナがもうたくさんと音《ね》をあげるまで。アンナの父親はにやっと笑って言った——音なんてあげんさ。ベドラーギンは言った——あげますよ。アンナの父親は言った——いいや——そして訊ねた——なんでかわかるか？　ベドラーギンは言った——なぜです？　アンナの父親は言った——あいつは子供ができないんだ——そして言った——まったくな。ベドラーギンは訊ねた——なぜです？　アンナの父親は言った——あいつに聞けよ——そして言った——おまえには話すだろうさ。ベドラーギンは言った——了解——そして言った——いいですよ——それから言った——なんで会いにきたかわかりますか？　アンナの父親は言った——わかる。ベドラーギンは言った——いや、わからないでしょう。アンナの父親は訊ねた——なぜだ？　ベドラーギンは立ちあがると言った——あなたがあの娘を殺しちまうんじゃないかと思って。そして立ち去った。

そして、アンナは女らしいしな、遠回しなアプローチ、駆け引きといったものをかなぐり捨てて、そろりではなく、そっとでもなく、他の方法はありえないといった風にベドラーギンをさっと捕まえたのだが、その様子ときたら、決められた時間に戻るから、という双方の合意にもとづいて街にくりだしたあと、その時間がまさにきたといった感じなのだった――運命の寵姫《ちょうき》のように家にあらわれたアンナは、余計な口は慎みつつも、必要なときには黙りこまないようにし、ベドラーギンの在宅時には、朝食、昼食、夕食のたびに、二人が子供のころすでに議論されて定まっていたような儀礼的会話のようなものを導入し、それ以外のことでは言葉を交わさなかった。彼女は半盲の女に健康について気づかう文面の手紙を書き、ベドラーギンと自分の署名をして、十一月の休暇週間のお祝いの葉書を送った。彼女はクリーシンと画家パールを悪の根源ときめつけて、金輪際家の敷居をまたがせないようにし、どこなりとも失せやがれと啖呵《たんか》をきった。アンナは地方通信社の支部に仕事を見つけ、手紙や新聞を配達したが、娘が配達人になったのは、自分あてに街の色男が出した手紙をすばやく回収するためだと父親があげつらっても、他人のことに口を出すなと相手にしなかった。彼女は堅忍不抜の覚悟の上に強情さをも備えており、その前では、クリーシンの強情さはおまるに尿をしたがらないわがままな子供のもののように見えた。ベドラーギンの纏《まと》った死の鎧《よろい》を氷の鎧ととり違えたアンナは、いかなる犠牲を払うことになろうとも――たとえ相手の肋骨をへし折ろうが――狙った心臓まで孔《あな》を穿《うが》つことができるドリルのようなもので武装した。アンナは騙されていたのだ――彼が彼女と寝台を分かち合うことになった穏やかな無言の同意に、彼が彼女の言うことをなんでも受けいれる無言の落ち着きに、彼があいさつし、いとまを告げるその声に――ベドラーギンの心臓の虚ろな静寂を掻き消す手段はどこにもないと理解し、納得するには時間が足りなさすぎたのだった。時節が変わってしまったことを頑なに認めずに、彼女は暮らしていた――自己弁護したり、潔白を取りつくろおうとはせず、どんな死体よりも深い場所に過去を埋葬したが、他方、人生経験の蓄積を活かさなくてはならないせいで、ほんの一週間前に生まれたような顔はできなかった。他人に自分の目論見を隠そうとせず、大胆かつ不敵にこう言うのだった――そうよ――彼女は言った――私には夫が要るのよ――そして、言った――夫を盗ろうとしてごらん――そして、全世界を相手にしてやるとでもいう風に端整な顔に瞳を輝かせ、肥料がべっとりついた大熊手をほとんど透き通りそうな細腕で握りしめるのだった。

画家パールは三枚の油絵を驚異的な短期間で描きあげた。ベドラーギンがパールに渡された鏡の破片を覗きこんでからキャンバスを見ると、驚くべき、重苦しいと感じることもあるほどの類似性がそこにはあった。ベドラーギンは鏡でただ一度見たきりの自分の顔を記憶していた――戦争が終わった直後、十四になったばかりのころに見て以来、ずっと忘れていたのだ。画家パールには、自分の絵がへたくそなことはわかっていたが、教会にかかっているものよりもうまく描けていると主張した。彼はキャンバスを五日ごとに次つぎに教会に搬入したので、教会関係者が驚いて、一枚の絵にどのくらいかかるのか訊ねると、彼は習作《エスキス》には一年間かかるが、油絵は計算尺の助けを借りると答えたので、彼らは狐につままれた気分になってしまった。それから彼は四枚目にして最後の注文の油絵にとりかかったが、完成させることができなかった。その原因はベドラーギンにあった――

脳を司っている、受け継いだ毒入りの血液がもたらす闇の力を制御することができなくなってしまい、そのせいで酔うと自制心を失って、子供時分には予測できたが、脳が予測を禁じたうえで行動を命じてくる現在では予測不能な、危険極まりない結果を引き起こす振る舞いへと駆りたてられるのだった。画家パールが古びた額縁に嵌《は》めこんだ三枚目のキャンバスを教会に提供し、四枚目を描きはじめてから二日後、へべれけになったベドラーギンはボイラー室から出て、隣村の教会まで雨が洗った道を歩いていった。転倒しては起きあがることを繰り返すベドラーギンには、脚の感覚はとうになく、あるものといえば滑りやすく柔らかな地面と、滑らかな緩慢な落下の感覚だけで、痛みを感じる力を失った肉体はと言えば、寝返りをうち、身体を起こし、また直立することで、片腕の男の細胞ひとつひとつを死滅に至らしめたあの力を従えていた。そして、死ぬほど酔っぱらったベドラーギンは、濡れて汚い上着と、泥がべっとりついた、がぼがぼ鳴る長靴で白昼に教会に侵入した。足を重そうに引きずりつつも聖堂を突っきり、壁に手をついて足を止めたベドラーギンは、生気のない濁った瞳で、古びた額縁に収まった画家パールの油絵を瞬きもせずに見つめ、そこに己の姿を認めた。一度も瞬きしないまま、遠方で聞こえたざわめきが徐々に膨れあがっていくような感覚があって周囲を見まわしたのは五分後のことだったが、とたんに水を打ったように静まりかえり、人々は茫然自失のあまり固まってしまった。ベドラーギンの無言の視線のもとで、人々の唇は言葉を発しながら無音で振動していた――叫びだすことも、ヒステリーを起こすことも、大恐慌に陥ることもできたにもかかわらず、すべてはだれにも気づかれないまま、生きた音声になる前に沈黙に跡形もなく呑まれてしまったかのようだった――それというのも寸前に脳裏をよぎったなにかが、理性をたもつ唯一の術である救いの忘却へと、人々を埋没させてしまったからだった。ベドラーギンは人差し指をかかげてゆっくり伸ばし、一枚のイコンを指すとそのまま宙で静止させた――それから手は脇に動き、続けて二枚のキャンバスを指した。ベドラーギンは、穏やかな、か細い声で、だがはっきりとこう言った――これをはずしてください――壁に手をついたまま言った――はずしてください――それから足を重そうに引きずりながら教会を出たが、彼の手はまだ教会に吊るされていて、それが指し示すイコンが壁にかかっているあいだはそのままだった。

来た道と同じ雨が洗った道を、転んでは起きあがりながら、彼は家にたどりつくと、アンナに目もくれずに、濡れた汚れた上着と長靴をつけたまま寝台に倒れこみ、残りの昼と夜のあいだ眠りこけていたが、目覚めるともう上着と長靴を身につけていなかった。そしてまだ湿ってはいるが、泥を落とされた長靴をはいて家を出た。

庭の中央に立ちはだかったアンナは、灯油入りの、錆びてぼろぼろになったドイツ製のドラム缶を地面に置くと、痩せてほとんど透き通りそうになった手に杖をもち、青ざめた端整な面持ちに絶望と悪意で両目をらんらんと輝かせていた。その叫び声は家の入口のところにいたベドラーギンにも届いた――忌々しいならずものども、ごろつきども、ここから出ていけ――目をやると、庭の塀のくぐり戸のところにクリーシンとパールが立っていて、画家パールは、村中に知れわたっていたあの、張りつめていたロープが突然ちぎれるが如く目にも留まらぬ動きで、細身のロングコートのポケットからナイフをとりだすところだった。杖を頭上に振りかぶって二人に向かったアンナは、殺されるか、子供を産めないことがわかって以来、どうでもよくなっていた下腹部を引き裂かれて病院の寝台の上で一切から休息をとるかのどちらかだと腹をくくっていた。一方で、画家パールは人を殺さなくてはならない瀬戸際に立たされた。ナイフを持った自分に向かってくるような愚を冒す人間がいるとはにわかには信じがたく、唖然としたが、それでもすぐ立ち直ることができたのは、およそ生命が誕生した時分から殺人というものはまったく同じようにおこなわれていたという事実を理解していたからであり、背を少しでも高く見せたいという無駄な努力のもと、他人の言葉が不誠実だと感じるたびにナイフをとりだすという癖を身につけてしまった以上、遅かれ早かれそいつに訴えざるをえないということを理解していたからだった。一部始終を見ていたアンナは、パールの瞳の色ですべてを察すると、一瞬足を止めたが、ふたたび向かっていった。アンナはなにかを言葉を発しようとしたが、絶望と好奇心がこみあげてきてなにも言えず、まるで男性と初めて肉体関係を持つときのようだったが、それもずっと昔、意味があったのはただ一度きりのことだった。ベドラーギンは叫ぼうとして口を開いたが、声は出ず、玄関から三人の方によろよろと向かっていったが、中庭の真ん中でばったり倒れこんでしまった。歩み寄ってきたクリーシンをアンナは振りかぶって打ちすえたが、腕で防いだクリーシンは杖を奪いとって脇に放り投げてしまった。それからナイフの柄を細い指で何度も握りなおしながらアンナを黙ったまま待ちかまえている画家パールのほうにゆっくり向きなおり、片目を細めて穏やかに言った——お前は本当にあの娘をやっちまうつもりなのかい——そして、少し間をあけてなだめるように訊ねた——ええ？　しゃがれた低い声でパールは言った——うん、やってやるよ——そして言った——俺のことを怒鳴っていい女《あま》はいねえ——それから言った——口を出すな。パールは依怙地《いこじ》になってクリーシンの顔を睨《にら》んだが、突然、そこにいつもは煤と炭の層に埋もれているなにかを見いだした——顔ではなく、黒い石が雪崩れてくる途中で意思の力で停止させられ、凍結させられ、凝固してしまったものを見いだし、なにかを気にいったり逆に気にいらなかったりすることができない、いらいらさせたり無関心のまま放っておくことができない、怒らせたり喜ばせたりすることができない人間を見いだし、万遍なく愛すか憎むかするだけということができる人間を見いだし、百の感情ではなく、二つの感情から編みだされた魂、沈黙の愛情と沈黙の憎悪が合わさってできた生命——目的などないにもかかわらず、完全に意思が統一され、極端の中で産みおとされ、極端によって養われた、変動のただ中にあってさえ不変の生命を見いだしたのだった。唖然として、クリーシンの強《こわ》い指にナイフを奪いとられるままにされていたパールは、狼狽し体をぴくりとも動かす力すら残っていなかったが、やっと体が動くようになると、クリーシンを殴ろうかと思ったものの顔に手さえ届かないので、それならばと怒りで震えるまま体ごとぶつかっていったが、麦わらが鉄扉に体当たりするようなもので、まったくなんの意味もなく、旅客機の翼のようなクリーシンの拳がごつんと頭にぶつかると、この瞬間を予期していたパールは、なんどもなんども望みのない突進を繰り返すよりまだましだと思うことができた。それから一言も漏らさず、まったく誰にも目もくれないまま、クリーシンがかがんでふたたび上体を起こすと、画家パールを肩にかつぎあげていて、そのまま無言で村を抜けて運んでいってしまい、六本目の指を切り落とすために病院まで行ったときのように、脚をひきずりもせずに軽々と着実に歩を進め、家に連れ戻して部屋の隅へと放りこんだが、そこには反った板を釘づけして作ったイーゼルが立てられ、ベドラーギンの顔がキャンバスに描きかけのままのっていたが、もはや売ることが不可能になったいま描きあげる必要はなくなっていた。

十一月の終わり、アンナには生理がこなかった。二週間のあいだ、彼女はせわしく家中を歩きまわり、まるで何事もなかったかのように、普段していることをひととおりした。彼女は自分にこう言い聞かせていた——私はなにも変わっちゃいない——言い聞かせていた——なんにも変わっちゃいない。彼女は自分にこう言い聞かせていた——なんで、そんなことは不可能だって言うんだろう——そして言った——なんで、なにもできないあの人がほかのだれもできないことができるんだろう。それから言った——みんながいなくなってしまった理由なんて、だれにもわかりやしない——こう、口にすることで、謎の警告の原因を探りだそう、迷信深く希望を追いはらおうとしていたのだ——まるで、希望の兆しが、絶望と不信が地に蔓延する先ぶれであるかのように。二週間が水面下の深いところを流れるかのごとく過ぎ、彼女の動きのスピードを鈍らせる一方で蝙蝠《こうもり》の聴力を分け与えたのは、危険を回避するためではなく、葉が落ちる中でさえ、生命のかさりという、ざわめきを拾えるようにするためだった。

寝台に腰をおろしていたアンナは、逆の信念を頑なに抱いたまま、自分にこう言い聞かせていた

――そんなことがあるはずがない――そのままベドラーギンが作業着を着て長靴を履くところを見ていたが、彼はポケットに手を突っこみ、落ち着いた穏やかな眼差しで彼女を見つめ、こう言った――今日は帰らないよ――そう、彼女が自分の声が届く範囲にいるときには（ひょっとするといないときにも）いつも口にしていたことを口にすると、踵《きびす》を返して出ていってしまった。その後ろ姿を見送りながら、はっきりとわかったのは今晩、ベドラーギンを夢にみるだろうということだった。夜の長さを気にかけず、アンナは痩せた両腕を膝にそろえて寝台に腰を下ろしていたが、電気を消すと服も脱がずに横になり、夜明けまでの二時間をしんとした薄闇の中で、思いをめぐらせて過ごしたあと、やっと目を閉じて眠った。

ほどなくして、どこからともなく、煤けた作業着を着て重い長靴を履いたベドラーギンが地面を音もなく踏みしめながら歩いてくる――魂魄《こんぱく》も肉体も喪《な》くして、屠《ほふ》った獣から皮を剝ぎとるように夜の昏い虚無を併呑し、動物としての本能に至るまでありとあらゆる感情を滅した挙句、なにものにも服従せず――どこかの庭に入っていくと、子供らが火を点けるためにきちんと寄せておいた落葉の山に倒れこんでしまう――アンナの夢は、秋の香りと、乾いた葉のたてるやかましいほどのか、さ、か、さ、という音で満たされてしまったが、ベドラーギンは落葉の中に全身を埋めて停止する――指だけをかろうじて地面に触れさせて。だが、すでにこちらに向かって駆けてきていたのは、軽く、暗く、痩せた、正しいものたちで、彼らは九月の初めから十二月の初めまで秋のあいだずっと集めてきた葉に火を点けようとしていた――そして、その手に火種が輝いた。

やがて目覚めたアンナは寝台から跳びおきると、靴も履かずに家から飛びだして、新しい一日の闇のなかを、素足になかば凍った地面の冷たさを感じながら村中を走りまわったが、ついに校舎とその右わきの中庭が視界にはいったとき、黒い林の上、ゆっくりと天に昇っていく葉の白煙を見つけた。白煙を見て立ちどまり、こう口にした——主よ——そして、言った——主よ——それから、こう言った——ご加護を。

武器

男がまず本、絵、複製画、写真をすべて燃やしてしまったのは、包囲されるに至った場合、目に入ると気が散るかもしれない、あるいは単純に邪魔になるかもしれないと考えてのことだった。その作業には丸一日かかったが、量が多かったせいではなく、燃やすのに時間がかかったせいだった。革表紙の本と絵の金メッキの額縁は男を絶望へと追いこんだ。褐色の長いガウンを着て擦りきれたスリッパを履いた男は、壁にしつらえた暖炉の前にじっと立ち、俺には時間がない、時間がないと思いつつ、骨を喉に詰まらせてしまった犬のように、古めかしい二つ折り版《フォリオ》の革表紙に炎がむせているのを眺めていた。炎が金メッキの額縁を水かなにかのように避けるので、男はこれは木以外のものでできているのではないか、あるいは木製だとしても硬化した漆喰の層にくまなく覆われているかだと思った。絵自体はとっくに燃え尽きていた。革表紙がやっとのことで灰燼《かいじん》に帰してしまうと、炎が手を付けなかった金縁は男の執拗なまなざしに曝されてやっと火を噴いたが、しばらくして男が力なく安楽椅子に崩れ落ちたとき、地上に堕ちた神のようにありえない高さから落下したように感じた。これからやらねばならないあらゆることのせいで、すでに耐え難いほど――死ぬほど疲れきってしまっていたのだ。

力が戻ってきたとき、外は雷雨になっていた。テラスに出た男は森を眺め、もし奴らがいまやって来たら、万事休すであり、なにも燃やす必要はなかったことになると考えていた。

男はなんとかその考えを振り払った。

そして、こう考えた――奴らが野砲、自走砲、戦車を繰り出してきて、大地を太古の昔のままに平らに均してしまおうとすれば、なにをしたところで無力なのだ。そう考えると、革表紙の本と金メッキの額縁がなかなか燃えなかったときよりも、さらに深い絶望の淵に追い込まれるのだった。

男はなんとかその考えを振り払った。

そしてこう考えた――奴らは航空機を飛ばして、俺を殲滅《せん》し、さらには俺以外のありとあらゆるものまでを――周囲何千マイルを草一本残さず殲滅するかもしれない。

だが、男はこう口に出してみた――いや、奴らは戦車も繰り出さなければ、航空機も飛ばしはしない。それはクラゲ一匹をスクリューで引き裂くのに核弾頭を搭載した船舶を進水させるようなものだ。

男はなんとかその考えを振り払った。

男は寝室に行き、クローゼットを開けてみて、古びた軍服と、外光のなか、茂みでしか用をなさない迷彩服に手を伸ばした。寝台の下に服用のブラシを見つけ、水で濡らして、服と鋲のついた重いブーツを念入りに払った。服を脱いで冷たいシャワーを浴びた。それから軍服を着て、ブーツを履くと、重みで脚が床に釘づけになってしまったように感じ、さらに軍服の上から迷彩服を羽織ると、自分が樹になって歩かねばならないように感じた。男は次第にブーツで歩くことに慣れ、自分の鈍足も気にしないようになったが、それも亀が長生きなのも鈍足のおかげだと考えたせいだった。思考も歩行と同じくらいゆっくりにしなければ、内面が外面よりもずっと早く死んでしまうにちがいない。そのうえ血管を流れる血の速度もゆっくりにしなくてはならない――摩擦が減れば摩耗も減らせるからだ。心拍数も減らさなくては――金槌で釘を千度も打てば、一度だけ打つよりも摩耗が早いのは明らかだった。逸る思考を、振子時計のゆっくりとした振幅に留めておくこと――それこそが秘訣なのだ。

深夜をかなりまわったころ、男は安楽椅子に座ったまま寝こんでしまい、正午になって戦車や航空機のことを思い浮かべて目を覚ました。わかったのは、戦車と航空機のことを考えると、手足が震え、髪が抜け、視界がかすみ、脳が麻痺してしまうということだった。戦車と航空機のことをひっきりなしに考えていれば、蝶ほどにも長生きできなくなってしまう。どうやら、自分はとっくに奴らの掌中に落ちていたようだ。耳を澄ませ、深いため息をついた。あたりは静まりかえっており、男は音もなく暗殺される可能性に思いいたった。そこで、食料も水も口にするのをやめることにした――どれもこれも毒物が混入されているかもしれないからで、突き詰めていけば睡眠をとるのもやめねばなるまい——寝ている人間はものも同然で無力だからだ。

男はなんとかその考えを振り払った。

一階に降りていって入り口の錠と閂《かんぬき》が閉まっているか点検した。どこからも奴らが住居に音を立てずに侵入できないと確信すると、男は一階と二階のすべての窓の鎧戸の閂も点検した。

それから、男は森に張りだしているテラスのことを思い出した。意識の底で確信していたのは、奴らは森からやってきて、手始めに広いテラスを制圧しようとするだろうということだった。いま、男にはわかった——自分はそのことをずっと知っていたのであり、目も見えず、耳も聞こえず、口もきけずに生まれ落ちたときでさえはっきり知っていたのだ——奴らが森からやってきて、広いテラスを制圧しようとするだろうと。

男はテラスに二丁の重機関銃を設置したが、それを引っぱりだすだけで半日かかってしまった。高圧線の鉄塔を留めるような巨大なボルトを使って、銃架を溶接した鉄板をテラスの床にがっちりと固定した——万が一、テラスが制圧されてしまった場合、機関銃がこちらに向けられないようにするためだった。テラスが制圧された場合は、中空になった弾頭に十字の切れ込みが入ったダムダム弾を弾倉に装填した軽機関銃で抗戦する。男は部屋ごとに軽機関銃を設置し、安全装置を外しておいた——あとになったら、その時間がとれないかもしれない。

そして再び航空機と戦車のことを考えたので、脳が絶望で硬直してしまった。

だが男はこう口に出してみた——いや、奴らは戦車も繰り出さなければ、航空機も飛ばしはしない。それはクラゲ一匹をスクリューで引き裂くのに核弾頭を搭載した船舶を進水させるようなものだ。

男はテラスで森の方を向いて二丁の重機関銃のあいだに立ってみた——銃架は鉄のピンによって固定され、水平方向三〇度の範囲で左右に銃身を可動させることができるようになっていた。男は考えた——奴らが楔《くさび》形陣形でテラスに突撃してきたら、左側の重機関銃の銃身を可動域限界まで右に向けて、部品を一辺、トリガーに咬《か》ませておいてから、右側の重機関銃は自分で操作することにしよう——右側の重機関銃のほうが退却予定のテラス脇の部屋のドアまで近いからだ。男は敵の突入部隊にこうして二点からの機関銃の円錐形砲火で対抗する——すなわち楔に楔を打ちこんでやるわけだ。だが、重機関銃の銃火が描く楔の外側はいいとして、楔の内側には空隙が生じる。そこで男は片側から反対側の重機関銃までの距離を歩数で数え、銃身が回転する範囲を計算し、機関銃の連射が円錐形を描いて交わる地点までの距離を計算した。それから斧をとり、テラスから地面におりると、点までの距離を歩数に直して歩いていき、樹の幹に目印をはっきり刻みこんでおいた——ここが機関銃の連射が交わる点だ。

敵の楔が円錐の空隙に——二丁の重機関銃の弾丸の届かない空間に達すれば、重機関銃は両方とも役に立たなくなり、男はテラスに面した部屋に退却を余儀なくされ、ダムダム弾を装塡した軽機関銃でテラスに通じるドアを挟んで敵に対峙し、手摺の上からの銃撃で応戦することになるだろう。その場合、部屋に備えつけた軽機関銃は、テラスに設置された二丁の重機関銃よりもはるかに重要になってくる——重機関銃の役割は切れ目をつけた樹の地点を奴らが突破するまでのあいだ、可能な限り多くの戦闘員を殺傷することだけになる。

だが、男は口に出して言った――奴らは楔形で突入してこないかもしれない。奴らが方陣――密集陣形――で攻撃し、続けて家の包囲に移った場合、片方の重機関銃――正確には射手のいない左側の、銃身の方向を固定された機関銃――は、簡単に弾丸を避けられてしまうため、ほとんど用をなさなくなる。奴らがテラスの制圧を一時的に断念して、家を包囲した場合、入口方面からの攻撃に備えなければならないが、テラスも放棄することはできない。

男はなんとかその考えを振り払った。そして空腹と喉の渇きのこともなんとか振り払った。よくわかっていたのは、すべきことをすべてやり終えた今になって、毒殺されるほどばかげた話はないということだった――あとはただ待てばいいいだけだ。

男はもう一度部屋をまわって、機関銃を点検し、銃身ひとつひとつに口づけし、携帯していたナイフにも口づけしたが、その刃は水晶《クリスタル》のような音色を響かせた。

前もって決めておいた退却路をはっきりさせておこうと、男は暖炉の灰で壁に矢印を描いて部屋から部屋へとまわったが、そのルートは家の防衛戦がテラスから開始された場合を想定したものだった。加えて、男は部屋の壁に太字の矢印を描いたが、こちらは戸口から攻撃された場合、玄関から撤退を開始するための退却路だった。どちらの矢印も、奥の角部屋に行きついた――そこは家具も機関銃もないところで、遥か昔に男が生まれた場所だった。

奈落に落ちて

1

三昼夜のあいだに、軍用列車は一八〇〇キロメートルを走破していた。

運転手をのぞいて全員泥酔していたが、運転手を見たものはだれもいなかった。広大な市街地の手前で待避線に入り、そのまましばらく停車して急行の旅客列車を通過させているときは、男たちは唯一の寝台車から外に出て――たいてい夜なのだが――刈り入れ機を積んだ無蓋の背の低い鉄製貨車や、ガソリン、灯油、ビチューメン、天然ガスの詰まったタンクを積んだ背の高い貨物列車のまわりをぶらついた。地元の人々にスパム缶やソーセージ、コンデンスミルクを売ったり、あるいはそれを密造酒と交換するためだった。一服して会話を交わし、風にあたって酔いを少しだけ醒ました。車軸を点検して油をさしてまわる明るいオレンジ色のつなぎを着た鉄道整備員たちが、車両に沿ってゆっくり歩いているのを眺めた。

どうして列車に黒猫がいつくようになったのか、誰も知らなかったし、知っているものはとうに忘れてしまっていた――彼らは猫を大事にしたが、それというのも、そいつが黒猫だったせいだ。自分の食い扶持《ぶち》から黒猫に上等の餌をやるものは道を踏みはずすこともなく、喧嘩で片輪になることもなく、女にかつがれることもないと堅く信じられていた――一方、餌をやらずに自分で食べてしまうものは、黒猫を目にするのを避けた。猫は車室から別の車室へと移っていき、乗員の足元を黒い球になって転げまわり、暗くなると小卓の上に跳びあがって背筋を伸ばし、空瓶のあいだを抜けて窓際までいくと、腰を下ろしてじっとしているのだった――その脇を街の灯りが斜めに横切り、瞳には肉食獣の黄色い炎が燃えていて、やがて街と駅が後方に過ぎ去ってしまうと、猫はじっと座って夜の森と草地の闇に沈みこんでしまうのだった。

毎夜、酔った車掌は寝台のふちにぶつかりながら車両をうろついては、ぶつぶつこぼすのだった。「灯りをつけないでください。灯りをつけないでください。つけないで」

最初のうち、彼らは車掌のことを自分たちの不幸の延長線上にあるものとして、大統領とでも思おうじゃないかと話していたが、しばらくすると気に留めなくなってしまった。だが、車掌はしょっちゅう話しかけてきた。「はい注目。四十五昼夜で豚、四十五昼夜で王ですよ」

朝、目覚めると男たちは――垢だらけのむくんだ顔には無精ひげが生えていた――悪態を吐《つ》こうと乾いた唇を震わせ、充血した目でお互いを睨《ね》めつけあい、「そこの野郎をたたき起こせ」と声をかけあったが、それは煙草と汗の匂いがしみついた車両から――我慢できないほどゆっくりした現実の時間の流れから、他人が眠りに逃げこむのを大目に見る余裕が心になかったせいだった。

いつも朝一番に起床するシャードリンは、数少ない洗顔する人間の一人だったが、四十三歳の、大柄で浅黒い男で、塞《ふさ》ぎこんでいてめったに口を開かず、まるで自分の連隊の兵士を全滅させてしまった大佐のようであり、その眼差しが怒りに燃えると、木製の猿轡《さるぐつわ》よりも効果的に口を封じることできた。男は好かれなかった――男には黙ったまま狂ったように頭を振り、自分を殺すよう定められた人間を探して血眼になっている巨大な猛牛のようなところが多々あった――そのせいで遠巻きにされ、イエス・キリストが罵声を浴びたように、見えないところから罵声を浴びせられていた。黒猫も遠巻きにしていたが、猫特有の勘で、男に退廃的ななにかを見ていたのだ。

シャードリンは一人静かに顔を洗うと、デッキに出て、トーチランプを灯して錆びたちんばの五徳の下に置き、鶏のブイヨンを昼食と夕食をまかなうに足る分だけ煮た。列車の中で、猫を除けば、男は唯一、日に三度食事をする人間だった。それから男は五徳とトーチランプを同じ車室を使っている人間にまわしてやった――ブラーギンとジガンとラタロフに。

一台のトーチランプを全員で共有していたので、順番が最後のものは朝食を夜に食べることになった。

五日目の夜、列車はウラル山脈――そびえたつ灰色の丘、鬱蒼とした樅《もみ》の針葉がざわつくその下で凍りついてしまったなだらかな丘陵、赤く染まった峡谷、長く暗いトンネル、なだらかな斜面に剝き出しになっている白い小さな家々は、おそろしく無防備で、人の話し声で吹き払われてしまいそうだ――を越えようとしていたが、そのときシャードリンに巣食った潰瘍が口を開いた。

シャードリンは二段ベッドの上で大儀そうに寝返りをうち、息を吸いこんだが、車室は煙草の煙が濛々《もうもう》としていて、焼き串に括りつけられて焚火にかざされているのも同然だった。無言で起床すると、背嚢《はいのう》に毛布、コンデンスミルクの缶詰少しとバターの残り、スプーン、水筒、マッチを詰め、停車駅を待って車両から出た——酔った車掌が給水タンクを満杯にするのを手伝っていた男は、身をかがめたシャードリンが青ざめた唇を噛みしめながら、老朽化した無蓋貨車に這いのぼり、自分のトラックに乗りこむのを見ていた。

軍用列車は待避線に頻繁に停車しながらさらに三日走りつづけ、その間シャードリンはずっとトラックの車内で過ごし、穴だらけの薄い毛布一枚をかけただけで、固い座席の上に寝そべり、降り注ぐ雨のせいで汚れたガラスの向こうに広がる秋の森を見つめている——ガソリンを使いはたしてしまった夜は冷気で凍えたが、胃の痛みが鈍くなっていることを感じ、男は過去を思い出す。

自分が子供だったころ——両脚を骨折して砂掘場の冷たく固い地面に倒れていると、呼ばれてきた太った助産婦と一トン半トラックの運転手に抱きあげられて運ばれた。運転手は訊ねた——おいデブ女、なんでこいつは叫び声ひとつあげないんだ——助産婦は答えた——寒いからね——二人はなんとか子供をトラックに乗せると、病院に連れていった——子供はまだなにも感じなかった——ただ包帯所では、踝《くるぶし》から太腿まで包帯を巻かれた両脚に温かく湿ったギプス液を塗布するとき、子供は泣きわめきたい、どこか遠く、雪の中に行きたいと思った。

今、座席に身をひそめるシャードリンは、痛みの襲来を喰いとめる夜の冷気を待ちわびて、眠り、目を覚まし、横たわる。
老婆が――こいつの名前なんて知ったこっちゃないが――雀がはばたくように不明瞭な、かぼそい声で、しわくちゃの垢すりと化した顔をしかめて言った――あたしがあの子を取りあげたんだよ、聞きな、この小童《こわっぱ》――あの女が卒倒したのはじいさん教授の家だったが、そこの天井の高さが四メートルもある、彫刻が施された時代がかった家具が置かれた部屋の、豪奢な高い寝台に寝かされた女は汗びっしょりになって蛙みたいにぬるぬるしながら、あたしの両腕に押さえこまれて寝返りをうち、一晩中まったくなんにも、なんにもできなかったが、朝方になってやっと叫び声をあげはじめると、天井から漆喰がばらばら降ってきて、隣室の壁から古ぼけた絵画が何枚も落ち、クリスタルガラスがガチャガチャ鳴り響いて、それから女が罵りだしたので、あたしは言ってやった――口に気をつけるんだよ、その子はおまえに幸せを運んでくるんだろうが――女は汗みずくになり、一層口汚く罵って叫んだ――そうだろうさ！――さらに叫んだ――鼻水を拭いて！――正午にあの女は出産したが、おまえはまるで銃剣から引き抜いたみたいだったよ――血まみれで、脇の下と股のあいだは肉が剝きだしだ――あたしはおまえの左足をつかんでぶら下げたけど、おまえは黙ったまま頭をだらんと垂らしていたっけ――手のひらでぴしゃりと叩いてみたけど、生きているのか死んでいるのかとんとわからなかった。しばらくしておまえが息を吹き返し、この世で初めての眠りに落ちたとき、あたしらは産声に合わせておまえのホロスコープをこしらえた教授の話を聞いたんだ――存在しない星の光がおまえに力強さ、清らかさ、賢さを賦与し、戦争、疾病、投獄から庇護すると約束し、安全な道を、快適な、安楽な人生を、射手座、乙女座、牡羊座、天秤座の印の下に生れた美しい女たちと美しく健康な子供たちを約束する。当時、ホロスコープをそれなりに聞きかじってたもんで、奴がしつらえたホロスコープが一から十まで真っ赤な嘘だってわかったさ――きっと教授は、存在しないホロスコープをおまえの存在しない記憶に刻みつけたかったのに違いない――行動への指針になるように――だけど、おまえの実際の星のホロスコープにはなにひとついいお告げなんてない――おまえのドルイドの樹のホロスコープを見ると、病の箇所ではこう記されていたよ――運がよければ、お産のときに死ねるってね。

毎朝、シャードリンはコンデンスミルクを半リットル分、バターひとかけらを口にして、空腹の発作から免れる術を探している――唇を噛み、袖で指をねじり、自分をナイフでちくちくと刺し――あおむけになって天を仰ぐ。

昔、強情で依怙地《いこじ》だった祖父が、三十六歳にして戦争から狂人になって帰ってきた――あるいは正気の昼と狂気の夜を送る人間、とでも名づければよいのか、普段は光のようにおとなしく控えめで、イコンがかかっている場所では口を閉ざしているのに、夜になると眠ったまま、音もなく起床し、闇の力に操られて庭に出てクルミの木の下で干し草に火を点け、地面を掘りおこしたあと、燃えた草の上にうつぶせに横たわって、鳩尾《みぞおち》に差しこみがあるかのように体を二つに折ってこう言うのだった。「了解。なにをすればいい？」それから家に帰ってきたが、髪は焦げ臭く、両手は掘り返したばかりの土の匂いがした。村人は祖父に夜の出来事を話した――祖父は最初なにひとつ理解できなかったが、理解できたとき、自分の行動については口をつぐんでしまい、心理的にショックを受け、しばらく煙草をくゆらせていたが、痛みも怒りも欠落した声で語りはじめた。「仲間は自分を連れていく時間がなかっただけだ――全員、潰《かい》走していった――敵の弾丸が道を照らしだしていた――だが、自分は着弾跡のクレーターの底で腹を引き裂かれてもがいていた――熱い腸を腹の中に押し戻そうとして、悪態をつき、痛みと怒りで唸り声をあげながら――なぜならわかっていたからだ――もうだれも自分のところには戻ってこないと――唇を噛み、指をねじり、ナイフで自分をチクチク刺す――唸り、悪態をつく――なぜなら、抵抗するのをやめるときが生きるのをやめるときだと考えていたからだ――自分が死んだとわかるまでかなりの時間を要した――そのとき心が鎮まり、いかに自分が愚かでちっぽけな存在かわかった――そのとき俺の中に神への信仰がめばえ、こう口にしたんだ。「了解。なにをすればいい?」風が怒りと痛みを鎮め、一時間後、仲間は俺のところに戻ってきた。表では犬が吠えた――だれかがやって来たんだ。老婆が言った。「いいわ。雪が降って、草がなくなったとき、夜はどこで寝るのかしら」一瞬、祖父の顔は、まるで戦争に行く前のように、着弾跡のクレーターに横たわり、仲間が戻ってくる前のように、悪意と強情で歪んだが、はっきりこう告げた。「同じ場所で」

雨はバルナウル〔ロシア共和国アルタイ地方の中心都市〕につく前にやむ。

軍用列車は八日目の夜十二時に到着する予定で、朝を待つシャードリンは空腹からくる痛みに黙って耐えながら、古い毛布をかぶってもう七時間も横たわり、汚れた窓ガラス越しにくすんだ駅の灯りと荷おろし用のクレーンが架ける高く暗いアーチを眺めながら、旅のすべてが無駄だったと思う。

朝にはじまった車の荷おろしは、夜になってやっと終わる。男たちは村ごとに振り分けられる。シャードリンはトラックを駐車場にいれ、一晩だけそこでほかの隊員と眠る。翌日、地区の病院に運ばれて二日を過ごす——血液検査、能力検査、細菌検査を受け、公共食堂営団の職員によって運ばれて——エックス線撮影——胃液検査を受け、それからシャードリンはバルナウルに運ばれ、パスポート、行軍命令書、病歴を調べられ——血液検査、能力検査、細菌検査、エックス線撮影、胃液検査——だが念には念を入れて、すべての検査が新規におこなわれる——注射、へつらうような問診、犬にやるように手を使った錠剤の嚥下《えんか》、牛乳入りスープ、生卵、乳がゆの摂取、手術の準備、睡眠中は監視がついている。

五日たち、シャードリンは服を脱がされ、担架にのせられ、清潔な白いシーツにくるまれ、宴会場のように明るく広いオペ室に運ばれ、全身麻酔をかけられ、切開され、検分され、縫合され、病室に戻される。だれもなにも言わなかったが、シャードリンは口を開く——なにか話してくれよ、なあ——彼らは話しかけてくる——酒を飲むな、煙草を喫うな、急いで食べるな、潰瘍にさわる、云々——そこで、シャードリンはクルミの樹の下で焼け焦げた草に伏していた祖父を思い出し、こう話す——そんなことはどうでもいい。シャードリンは病院でさらに三週間過ごし、痛みは消えず、自分が、知人の生きていた時代から四十年前に来てしまったかのように感じている。彼らはシャードリンに飛行機のチケットをとってやる。出発前にシャードリンは看護婦に頼みごとをする——その看護婦は二日前に男に自分の体を差しだしたのだが――看護婦が鉛筆と紙を一枚もってくると、男は小机について、尾がついた魚に似たもの――ただし鰭《ひれ》はない――を描き、それから大きく見開いた目と長い口髭を描き、ぎこちなく広げられた大きな鋏を描く。

2

シャードリンがトラックに消えたその日の晩、ウォッカが底をついた。男たちは車掌に詰め寄ったが、こう答えるだけだった――いや、俺は持ってないよ。だが、袋を手に車両で空瓶を探しまわっている車掌は、朝になるとすっかりへべれけになっていた。

しばらくのあいだ、男たちは脳と胃を干上がらせて、車両をぶらついていた――ぶつぶつとひとりごちながら――ざらざらの舌は喉に貼りつき、長時間ぶっとおしで読書したあとのように目が痒《かゆ》かった。

それから箒を見つけた。寝台の下から掃き出されてきたのは、ぼろぼろの新聞紙の塊、リンゴの芯とキュウリのへた、煙草の喫《す》いさしと燃え殻、灰、ガラスの破片、空の缶詰、魚と鶏の骨といったところ――さらにフライパン、皿、コップ、スプーン、フォーク、ナイフまですべて掃き出してしまった――しまいには素面《しらふ》になった兵士たちはシーツの上で寝返りをうち、枕カバーと布団カバーを外し、裏返しにしてつけなおし――病的なまでの潔癖さで髭を剃って洗顔し、衣服と靴を洗った。それからトランプをして、しゃべり、ぬるくなった汲み置き水を飲んだ。

軍用列車が到着したときには全員が就寝中だったが、ただひとりシャードリンだけは自分のトラックの中で穴だらけの古い毛布をかぶって座席の上に横たわって、駅の灯りと荷おろし用のクレーンのアーチを眺めていた。

列車から最初に降りてくるのはラタロフで、乾いた白い砂に踝まで埋まりながら、鉄道の軌道から百メートルほど離れた小さな湖の方に向かう。

トラックを載せた無蓋貨車はクレーンの下に格納されるが、男たちが乗ってきた車両は切り離されている。彼らは荷物をまとめ、運び出すと、駅舎のコンクリートのアーケードの下に置く。

ラタロフが配属される班は六人構成になる――ジガン、シャローフ、ブラーギン、そして黒猫。

彼らは車に乗って、停車場から二キロの小さな村にたどりつく。

住むことになる新しい家には暖房がない。一人につきマットレス二枚に毛布二枚が支給される。

翌朝、シャードリンが病院に運びこまれる。

黒猫が道をわたって出て行ってしまう。

彼らにあてがわれた食堂は老朽化し建てつけも悪い民家で、生ごみの匂いがたちこめ、促されて中に入ると、壁の鏡は三角形に割れていて、テーブルは緑色に塗られた大きなものが五卓に、小さなものが一卓、窓のカーテンは明るい色だったが、ハエがたかっている。隅に置かれた小さなテーブルに座っているのは、むちむちした女性的な太ももの、白いあごひげを生やした、指のない背の低い両性具有者で、前にはエンドウ豆のスープが置かれている。ラタロフはこの人物のことを長らく記憶にとどめることになる――端の小さなテーブルに座り、男も女も等しく厭《いま》わしそうに、火かき棒のような形に湾曲したスプーンで、馬鹿にしたようにスープを飲んでいる――手首には折れた定規がゴムできつく結わえられ、スプーンの柄を、折れた定規と指のない手のひらのあいだに挿しこんでいる。

それから、彼らは樽のビールを売っている商店に行く。

二日がトラックの整備で過ぎていく。彼らはトラックの車体の横板の隙間をふさいで、穀物がこぼれ落ちないようにし、それから家畜を屠殺場に運搬することに同意した人間のために、大工が木製の格子柵を取りつける。

それから雨が降る。雨は一週間のあいだ降りつづき、彼らの所持する通行証が有効な道は悪路で閉ざされてしまう。

雨が降りだして二日目、背の低い赤毛の女が五リットル瓶のビールを持って訪ねてくる――風雨にさらされて肌荒れが目立つ女は、汚いゴム長に黄色いショートコートを羽織っている。女は窓敷居に瓶を置いてしゃがれ声で言う――「さあ、おとりなさいな」。それから女はコートと長靴を脱ぎ捨て、小さな素足をブラーギンの短靴につっこみ、瓶を開け、ひょろりとしたラタロフを見て、荒れた青白い唇を曲げ、アイシャドーをした目でウィンクして言う。「飲みなさい、痩せっぽちさん」「おとりなさいな」は毎日訪ねてくるようになる――ビールを持ちこんでは、わめきちらし、彼らを弱虫と呼び、住む町の悪口を言いつのり、手に入ったものがあれば一切合切持ってくる――彼らは女が気がふれていると思っているが、だれも口には出さず、追い出しもしないまま過ごす――というのも雨の中まともな男なら、女とビールを拒めるはずもなかったからだ。

雨が降りだして四日目に、泥酔しきっていたラタロフは、一人の女に出会うことになる――女は大柄でふてぶてしく、日焼けした顔からは表情をうかがうことはできず、黒髪を伸ばしていて、声は小さいが落ち着いていて、陰気な目つきをしている。ラタロフはどういう経緯で女に出会い、女の家に転がりこんだのか、まったく覚えていない――ジガンいわく、ラタロフは用があって外出したまま戻らなかったのだという。ラタロフは狭い、見知らぬ部屋で大胆不敵な黒髪の女の陰気な視線にさらされて目をさます。ラタロフの不快な馬面《づら》、折れた鼻、歯槽膿漏《しそうのうろう》、しゃくれた顎の向こうに、女は男の真の使命を見いだす――善行を成すこと――さらに見いだす――その語り口が確かなら、おとぎ話を信じる子供の能力――それはほかの女たちが芽を摘むことにしくじった能力だ。女は男を養い、食事の後片付けをして、男の後頭部に胸をつけるが、脇には浅黒い七歳の息子が、雌犬のような陰険さで意地悪くまとわりつく。

雨が降りはじめてから五日目、ラタロフは着替えをまとめると女のもとに移り住む。

ラタロフは女のところで二か月過ごすが、そのあいだ女はなにも頼まない。その陰気な目つきのもとで、ラタロフは風雨で傾いた塀を修繕し、青く塗装する――いつか雨が塗料を洗い流し、風が塀を壊してしまうとは考えずに。後世に残るものを産みだそうという情熱に憑《つ》かれ、あるいは自壊と、時とともに劣化していく生命と、退嬰《たいえい》への憎悪に憑かれ、自分こそがルネサンス期の芸術家なのだとうぬぼれ、己の出現によって退廃の影を駆逐すべく、蛆《うじ》がわいた梨を切り落とし、冬を十回越せるだけの薪を割り、全身の毛もまばらな犬のために新しい犬小屋を建ててやるが、犬は目で捕らえるのもやっとのスピード――電気じかけのバジリスクじみた動き――でラタロフに飛びかかったものの、鎖のせいでひっくり返ってしまう。倒れそうだった納屋の補修をし、ガソリンを売り、隣人に石炭を配達した金で、子供になにか衣服と玩具を一揃い、ビロードのぬいぐるみを買ってやり、缶詰で貯蔵庫の棚を一杯にしてやり、橙色と水色のカーペットと、踊る人間が描かれた花瓶を買ってやり……すべてがどんな終わりを迎えるにせよ、この生活が自分の人生における最良の日々になると、ラタロフは確信している。

たまにブラーギンとジガンに出くわすことがあり、ラタロフはシャードリンが手術をうけ家に帰らされたことを知るが、ルネサンスの再興に没頭するうちに忘れてしまい、その後シャードリンのこと思い出したのは二か月間で一度きりしかなく、それは小さな固い長椅子に横たわっているときのことで、黒髪の女は隣で寝息を立て、頭上には高山で狩りをする豹の絵がかかっている――そのとき突然、彼の中に夜が入ってきて、魂を奪っていく。

後に、善行を成すために生をうけたラタロフは出所して、平穏は退廃に等しいと悟り、牢獄と戦争の星のもとに生まれついたシャードリンのことをよく思い出すようになる――シャードリンはその身に蓄えた畏怖すべき暴力と憤怒を己との闘いによって使い果たし、潰瘍と癌になすすべもなく敗北しつつあった。

かつての生活に戻ってから、ラタロフはほかことも次々に思い出していく。

二人は口数が少なかった——男は黙ったまま修繕し、塗装し、補強し、女は黙ったまま服を脱ぎ、寝台の男を陰気な目つきで見つめ、隣に横たわった。

男は玄関口を補修できるよう、セメントに混ぜる石炭と砂利を女に運んできてやった。穀物庫で働いて、カラスムギや穀物も運んできた。

のちに、不敵な黒髪のあばずれが、自分たちが買わなくてはいけない物品を懐に入れているのを隣人たちが見かねて、ラタロフに、石炭と砂利は大目に見てもらえるが、カラスムギと穀物は国家所有物の着服扱いになり、ガソリンの販売は国家所有物を私腹を肥やすために投機していると見做されると通告する者もいた。

男たちがやって来たのは出発まで三日に迫っていた十一月の朝のことで、ずんぐりした軍曹、年若い中尉、シーツのように皺が寄った軍服を着た、長身だが猫背の大佐といった面々が、陰気な目つきをした不敵な黒髪の女の家に入ってきて、四つの袋に詰められた穀物二百キロとカラスムギ三袋を発見した。猫背の大佐は口ひげを震わせ、いくら払ったのか問いただした。女はなにも払っていないと答えた。女は言った——ここにあるもののことはなにも知りませんわ——そしてこう続けた——なにも見てませんし。猫背の大佐は問いただした——男に穀物を持ってくるよう頼んだのかね？　女は大佐を陰気な目つきで見つめて言った——なにも頼みませんでしたわね。つまり、奴はあなたのところに盗まれた穀物を隠しておき、あとでモスクワに持っていって鶏の餌にするつもりだった——猫背の大佐は噛んで含めるように話した。女は言った——知りません。猫背の大佐は言った——男はいまどこに？　女は大佐を陰気な目つきで見つめて言った——知りません。坊や、おじさんはどこにいるんだい？——若い中尉が、家をうろうろしていた雌犬のように底意地の悪い息子に訊ねた——あそこの……。

それから男たちは運転手たちが住む家に乗りつけ、車を道に停めて中に入っていった。そこには寝台に座ってシャツを縫っていたジガンをのぞいて、だれもいなかった。猫背の大佐は、ラタロフはいまどこにいて、いつここに戻ってくるのか訊いた。ジガンは男たちを見ると、そんなやつは知らないし、ここにはいない、と答えた。猫背の大佐は、ラタロフのトラックの都市登録ナンバーとトラクターのナンバーを告げた。ジガンは、それはモスクワナンバーではなく、ミンスクかマガダン〔オホーツク海に面する都市〕のものじゃないかと言い、こう訊ねた——事故かなにかで、誰か轢いちゃったんですか？　猫背の大佐は言った——いいや——そしてほかの男たちに言った——行くぞ。男たちはラタロフのトラックが商店のわきに停められているのを見つけた。ラタロフは列に並んで、ブラーギンと会話していた。男たちは商店に入り、車のナンバーを挙げ、だれのものか尋ねた。ラタロフは言った——自分のです。それから言った——邪魔ですか。猫背の大佐は言った——いや、全然。男たちはラタロフがパンと煙草を買うのを待っていた。

それからラタロフは連行されたが、食料品を買っては貪り食うために列に並んでいた地元の老婆たちの人混みは瞬間動きを止めたかと思うと、がやがやと騒ぎだし、男たちのあとを追って店の外に殺到しはじめたのだが、その先頭を切っていたのは赤ら顔をした太った売り子であり、自分の代わりとして、熟れた面疔《めんちょう》のように、悪意と好奇心ではちきれんばかりになった癇癪持ちの掃除婦をカウンターの向こうに残していた。

……あらまあ……

……なんてこと……

……あら……

……どこに……

……あいつが……

……道……

……穀物泥棒……やつは……

……女に……

……女に刑期……

あいつが自分の妻と二人の息子を殺したの？——耳の遠い老婆が売り子の袖をつかんで叫んだ。

……いや、あれは……

……修繕して、塗装して、盗んだ……

……二〇リットルのガソリンを……

……あの男のところで買ったの？……

……いや、買ってない、私は……

……あの豚野郎……

……あいつが女の子を何人も墓地裏で犯してたの？――耳の遠い老婆が売り子の袖をつかんで叫んだ。

……いやいや、盗みですよ……

……これみよがしにやってましたから。私は他人と同じように払っていたのに、あいつはあの女にこれみよがしに……

……あの女《あま》に穀物を運んできて……

……石炭、砂利、カラスムギ、穀物……

……花瓶も……

……トラック一台分の石炭を……

……橙《だいだい》色と水色のカーペット……

……菜園までの道に敷く砂利を頼んだら、十ルーブリを……

……あのガキに服とビロードのぬいぐるみを……

……あいつが松の杭を妹の腹に打ちこんだのかい？――耳の遠い老婆が売り子の袖をつかんで叫んだ。

……あらまあ……

……それで……

……雨が降っていた日に……

……それで……

……雨が降っていた日じゃなく……

……やった……

……私たちに……

……ならずものどもが……

……ならずものどもが……

——おまわりさん、おまわりさん——耳の遠い老婆が、昼と夜を、金と新聞紙を、男と女をごっちゃにする老いという蜘蛛の巣の中で叫んだ——あいつがピストルかナイフを持ってないか調べてちょうだい。ナイフはないの?

長身だが猫背の大佐が怒鳴った。「もうたくさんだ」

ラタロフは目を閉じ、開いてみた——破壊された家々、焼けおちた村、炭化した地面と立ちのぼる黒煙が見えるのを期待して——だが、見えたのは人の群れと、脇にじっと佇んでいるブラーギンだけだった。

ラタロフはビイスク〔アルタイ地方の都市〕に連行される。

3

軍用列車は八日目の夜十二時に目的地に到着した。

シャードリンが自分のトラックの座席の上で古い穴だらけの毛布をかぶって横になって、駅の灯りと荷おろし用のクレーンが描く暗いアーチを眺めていたとき、ブラーギンは寝台車の二段ベッドの上で寝ていた。

ブラーギンは朝七時に起床した。目覚めると慌てず荷物を整えた。それから、乾いた白い砂に踝まで埋まりながら鉄道軌道から百メートル離れた小さな湖に歩いていくラタロフを窓から目撃した。トラックを載せた無蓋貨車はクレーンの下に格納されたが、彼らが乗ってきた車両は切り離された。彼らは荷物をおろし、駅舎のコンクリートのアーケードの下に置いた。

ブラーギンが配属されたのは、六人からなる班で、ジガン、シャードリン、ラタロフが一緒だった。

彼らは車を出して作業場から二キロ離れた小さな村に行った。

彼らは新しい家に住むことになった。

翌朝、シャードリンは病院に連れていかれた。

彼らにあてがわれた食堂は、老朽化して傾いてしまった民家で、生ごみの匂いがたちこめており、促されて中に入ると、壁の鏡は三角形に割れていて、テーブルは緑色に塗られた大きなものが五卓に小さなものが一卓、窓のカーテンは明るい色だったが、ハエがたかっていた。隅に置かれた小さなテーブルに座っていたのは、むちむちした女性的な太もの、白いあごひげを生やした、指のない背の低い両性具有者で、前にはエンドウ豆のスープが置かれていた。

二日がトラックの整備で過ぎていった。

それから雨が降りだした。

雨が降りだして二日目、背の低い赤毛の女が、五リットル瓶のビールを持って訪ねてきた――風雨にさらされて肌荒れが目立つ女は、汚いゴム長靴に、黄色いショートコートを羽織っていた。女は窓敷居に瓶を置いてしゃがれ声で言った――「さあ、おとりなさいな」

雨が降りだして四日目に、泥酔しきっていたラタロフは、用があって外に出たまま次の日の朝まで戻らない。

雨が降りだして五日目、ラタロフは着替えをまとめると出て行ってしまった。

「おとりなさいな」は毎日訪ねてくるようになった――ビールを持ちこんでは、大声をだし、彼らを弱虫と呼び、住む町の悪口を言いつのり、手に入ったものがあれば一切合切持ってきた――彼らは女が気がふれていると思っていたが、だれも口には出さず、追い出しもしないまま過ごした。

「おとりなさいな」は彼らを自宅に招いたが、誰も行かなかった。

雨がやみ、道が少し乾いたころ、ジガンは最初の運転にのりだした。トレーラーのタンクに一杯まで給油をすると、コンドームを手に入れるためにカーメニ＝ナ＝オビ〔アルタイ地方の街〕まで車を走らせた。

その後、彼は女のもとに向かった。

翌週、残りの班員も女のもとを訪れた。

最後から二番目に女の家を訪れたのはジューキンで、もう六十歳近かった。ジューキンが出発する前に、ジガンは彼を見て、こう口にした――あの娘をがっかりさせないようにな。ジューキンはすぐに戻ってくると、もう女のところには行かないと告げた。ジガンは理由を訊ねた。ジューキンは答えた。「あの女の寝台から死臭がするんだ」ジガンは笑い出した。「寝台からはおしなべて同じ匂いがするもんだよ。死臭がするのが人生なのさ」

最後に女のところに行ったのはブラーギンだった。

二か月後、モスクワに向けて荷物を積んだトラックを走らせているとき、ブラーギンは対向車のヘッドライト（冷凍車だった）で目がくらみ、車線から逸れたトレーラーはクルンディンスキイ地方〔アルタイ地方西部に位置する〕で溝に嵌《はま》ってしまう。ブラーギンはずぶ濡れになりながらも道に転がりでて、割れて出血した額から血をぬぐいながら、「おとりなさいな」のことを思い出す。

ブラーギンは女のところにやって来た。灯りをつけないまま、女は男を薄暗い、狭い寝室に通した。

窓のカーテンをひくと、寝室に月明かりが差しこんできた。

女が彼のほうに歩み寄った。

ブラーギンは、疲れ切った樵《きこり》にも似た、肌荒れが激しい女の顔と、目尻のしわを見つめた。

女がゆっくりと服を脱ぐと、若くやわらかな身体があらわれた。

これはあの女じゃない。

これがあの女だ。

女は横たわった。

今、女は言う——こっちに来て。

女は言った。「こっちに来て」

ブラーギンは服を脱ぐと横になった。

女の顔は一瞬で変化していた——少女のように、表情豊かになっていた——命から生気を抜きとってしまう月明かりのもとでさえ。

女のひんやりした両腕がブラーギンに触れた。

今、女は言う——ほかの人のことはどうだっていいの。あなたのことを待ってた。どこにも行かないで。

女は言った。「ほかの人のことはどうだっていいの。あなたのことを待ってた。どこにも行かないで」女は涙を飲みこみながら、やさしく、儚《はかな》げにこちらを見つめていた。

ブラーギンは枕を見つめながら、口づけをした。

今、女は訊ねる――私のこと、好き？

女は訊ねた。「私のこと、好き？」そして、すがるような目でこちらを見つめてきた。

ブラーギンは言った。「ああ、好きだ」

今、女は訊ねる――とっても？

女は訊ねた。「とっても？」

ブラーギンは言った。「とっても」

とっても、とっても？

とっても、とっても。

今、女は訊ねる――私を捨てない？

女は訊ねた。「私を捨てない？　捨てないと言って」そして、涙をいっぱいにためた瞳で男を見つめるその姿は、敬虔な尼僧のようでもあり、汚れなき胎児のようでもあった。

男と女は大地を覆う層の一枚になった。

それだけ。

そして女はけだるげに伸びをすると、彼の方に戻ってきて、荒れた青白い唇をにやりと歪めると、嘲笑うかのように言った。「いいわ」

兎眼*

*lagophtalmos。眼の疾患。眼を完全に閉じることができなくなる。


俺はその野郎が大嫌いだった。

俺は奴と行動する羽目になってしまった。

毎日、奴の瘦せた無様な肉体が目に飛びこんできたが、それを覆っているはずの軍服は、サイズが大きすぎてボタンを外さなくても脱げてしまうのだった。重いブーツは湾曲した足によって踏み荒らされ、踵は履きつぶされて底の一部が取れてしまっていた。肩はオールの水かきかなにかみたいに薄い。顔は溶岩の塊もかくやという醜さで、俺は奴を産んだ女の顔を一目見てみたい、そしていったい何か月目にそんな不幸が起こったのか知りたいと思ったほどだったが、ブラーギンによれば、むしろ恵まれている人間こそ醜く、病的なまでに繊細なのだという。それからこうも言った。「ほら、あいつの頭は首のわりに重すぎんだよ。ほら、脇にがくってなったよ。生後二か月の赤ん坊かってんだ」動物園の檻を掃除していたこともある、尼さん《モナーシュカ》というあだ名の男が言った。「狼の群れはいつだって病気のや弱い狼を殺すんだ。そいつの命は健康で力のあるものにとって高くついちまうからな」

俺はその野郎が大嫌いだったが、それは奴が昔ピアニストをしていて、姓がヴェンスキイだとは知る前からだった。

ヴェンスキイは俺たちのところに無線技士の教育連隊からやってきた。奴が中隊に到着したのは、退屈きわまりないある夜のことで、夜の点呼の一時間前だった。二列に並んだ寝台のあいだの通路に黙って立つと、背嚢と丸めたコートを床に降ろし、穴に落ちて、どうしたら抜けだせるのかわからないといった風情で、しょんぼりと辺りを見まわしていた。落ち着かない、怯えたような目つきでみなを眺めまわしたあと、最後に俺の方を見た。数秒間のあいだ、俺たちは見つめ合っていた。俺の筋肉が意思と無関係に収縮した。俺はナイフを避けようとするかのように硬直した。奴は微笑んで安堵の表情を浮かべた。

ヴェンスキイは、今にも金を貸してくれと頼もうとしている人間のように振るまいはじめた。奴をできるだけ遠ざけようとする性向が知らず知らずのうちに芽生えていた。なんで奴がこうまでしてつきまとうのか理解できなかった――軍隊では好ましくない態度だ――おそらく、奴はなにか感じていた、おそらく、奴はなにか夢でみたのだろう、奴が俺のそばにいたがったのも、めくらがしっかりした支えを探すのと同じことだったのだろう。

奴は、ほかの兵士たちの間をひとり寂しくうろついていた――ブーツの中で空気ががぼがぼ鳴っていた――心気症《ヒポコンドリア》の鈍痛のせいで顔を歪め、額に皺をよせていた――どうやら、鎮魂歌《レクイエム》のアイデアをだれかのために温めていたらしい――痛みと音楽が渾然《こん》一体になったものを。

奴の顔を見ると、俺はどこかむずむずしてくるのだった。ずっと後になってからわかったが、あいつの顔の方を向いた夜は、きまって死にたくなるのだった。

奴はいつも俺の隣にいて、すまなそうに微笑んでは、話しかけようとしてきた。

俺は奴に何度もこう言ってきかせた。「俺にその不細工な面《つら》を向けるんじゃねえ、わかったか」奴は黙ったまま、まるでなにかを取りあげられる寸前のガキみたいに、すまなそうに笑っていた。

俺は奴を見るのに我慢ならなくなってきて、奴の姿が目に入るなり逃げだそうとしたこともあった。

俺は奴にこう言ったものだった。「俺にその不細工な私生児面を向けるんじゃねえ」だが、すべては無駄だった。奴は俺を選んだのだ。

俺は人が変わってしまった。みな俺のことを恐れるようになったが、それは闇を恐れ、埋葬が済んでいない墓を恐れるのにも似ていた。俺の中に蓄積された怒りのストックは、橋を何本か爆破できるほどだった。俺は手がつけられなくなって――低脳の畜生が、人間を前にしたときに本能的に抱く恐怖が呼びさまされたのだ――警戒を解かず、目に映るありとあらゆるものに危険の芽を見つけだそうとした。敵と対峙するとまるっきりめくらになってしまった一方で、その状態が長くつづけばつづくほど、俺ははっきりわかるようになった――俺の敵は俺が生きつづけるかぎり生きつづけ、くたばるとしたら俺もろともだ――それも俺の外側ではなく、俺の内側でだ。

俺はこの痩せて虚弱な早生児のふるまいに、磁針のようにぶれない、頑なまでの精確さを見いだすようになった――絶対に間違わない己の勘だけが頼みであるような人生、それはこいつの足をけして口を開けない大地に踏みいれさせ、何千という死と酒浸りの生から身をかわさせてきたのだ。目が見えなくなる場所では目を閉じるようにし、樹が倒れてきてだれかが潰されたことがある場所からは離れるようにした――太古から受け継がれてきた本能による正確で誤謬《ごびゅう》なき計算が、人をして、命それ自体の比類なき意義と偉大なものを産み出す才能への、常軌を逸する盲信に導くのだ。清潔さと無垢にくるまれて育てられたこいつは、血を恐れ、他人の反吐《へど》に反吐を吐き、野良犬を愛さない一方で、護り諭してくれる母親――知恵のついた雌犬女だ――は際限なく愛した。

春になってヴェンスキイは衛生班に収容された。

衛生班の窓は俺たちの兵舎の中庭に面していた。そばに近づくと窓枠の十字の向こうに絶えずヴェンスキイの顔があった。奴は窓敷居にすがりつくようにして俺の方を見、黄色い顔を歪めて微笑《ほほえ》んでいた。奴はひどく具合が悪そうに見えた。俺は踊りだしたい気分だった。

質《たち》の悪い好奇心に衝き動かされて、俺は衛生班にいってヴェンスキイのカルテを読もうとしたが、奴が病気だってこと以外は一行たりとも判読できなかった――もし猿が足の間に万年筆をはさんで字を書くことを覚えたとしても、医者よりもずっときちんとした、わかりやすい字を書いただろう。

ヴェンスキイは二週間のあいだ除籍されていた。

奴は食堂に入ってきて、俺と同じテーブルに着いた。俺は自分の薄汚れた手を見ながら玉麦の粥をのろのろ食べていた。ヴェンスキイはどこからか調達してきた二分の一サイズの燻製ソーセージを出してきて、なまくらのペンナイフで切ると、同じテーブルの人間に配った。

「ばちあたりが。また戻ってくるなんてな」俺は獣と化した。「ばちあたりが。この不細工野郎」

俺はパンに手を伸ばした。ヴェンスキイはテーブルの上にすばやく体を伸ばすと、俺の皿のわきに、パン一切れにそえて切りわけたソーセージを置いた。俺は脳に怒りの濃密な汁が満たされるのを感じながらパンを数秒の間見つめていたが、テーブルを拳で殴りつけると、悪臭がするソーセージを皿もろとも床に払いのけた。辺りが静まり返った。食堂に士官はいなかった。俺は席を立って出ていった。

陽光が砂金のように空を流れていった。

俺はひとりになりたかった。

俺はひとりになりたかった——五年前、海岸に寝転んでいたときみたいに——雨が降り、みな荷物をまとめて去ってしまい、濡れた小石の上に残された俺は、風が飛沫《しぶき》を海上に吹きあげ、渦巻をすらりとした女の姿に見えるまで伸ばすとワルツのように波間をぷかぷか運び去っていくのを見ていた。

ところが、今回はどこかに行こうなんて人間はいなかった——空から骨が降りそそいだとしても。

その夜、俺はずっと寝つけないでいた——譫言《うわごと》を言いながら——だれかの顔のような白い斑点の幻がゆらゆらと漂っていて、次第に顔の数は増えていき、スピードは増していった——何百万という人間の顔——何百万という人間が、栄光と恥辱、放蕩と戦火に塗《まみ》れて、歴史家の手によって不朽のものにさせられたが、歴史家ときたら嘘の公正無私な仲買人なのだ——どいつも悪寒、空腹、マラリア、貧乏、金欠、劣等感、アル中にあえいでいるのに、それでも神さまありがとうなんて祈りをささげ、抜きん出ることも、抜きん出られることもしないようにし、争わぬよう、死なぬようにし——彼らは病み、健康で、私生児で、狂っていて——日の当たる場所を密かにこっそりと通り過ぎたくて、密かにこっそりと子を産みたくて——何百万という群衆が音も立てずに動いていて——ときおり彼らのうちの誰かが群れを離れて、こう叫んだ——止まるんだ、そっちじゃない——そして殺されてしまった——嫉妬の板に押しつぶされて、馬一頭分のブルシンを飲んで中毒して、弾丸に貫かれて。あるいは運命に敬意を表するために森に入っていって消えてしまった。

俺が始めようとするときには、みんな終わっちまっているんだ。

俺は目覚め——眠り——無数の顔の巨大な壁に取り囲まれていた。

朝五時になって目が完全に覚めたとき、じっと横たわったまま耳を澄ましていた——いびきと寝息、簡易ベッドの錆びたスプリングがまだ眠ったままの肉体の下で軋む音に。それから身を起こしてブーツをはき、煙草をとって洗面所にむかった。火を点けて、深く煙を吸いこんで窓を見た。クレゾール消毒液のむせかえるような匂いと、使用済み下着の汗臭い匂いがした。

洗面所に誰かが入ってきた。振りかえると、ヴェンスキイがそこにいた。奴はしわだらけの大きな黒いズボン下とぼろぼろのランニングを着ていたが、それは部隊のクリーニング屋から配送される清潔な下着の上下によく混じっているやつだった。すまなさそうに微笑む奴の姿は、全身で同情の意をあらわそうとしているかのようだった。

奴の白目は黄ばみ、まるで磨いていない歯のようだった。

奴は俺の方に数歩近づいた。

俺は煙草を窓敷居に置いた。

奴は顔を歪め、なにか口にしようとした。だが、奴がなにを言おうが知ったこっちゃなかった。なにかちょっとしたこと（もっと前にやっておかねばならなかったこと）をやってやるチャンスだ。俺は奴が寄ってきたとたん、ふりかぶりもせずしたたかに殴りつけてやった。頭を揺らし、足をぐらつかせて、膝から崩れ落ちた。目を細めて、俺は奴が立ちあがるのを眺めていた。奴がどんな台詞《せりふ》を吐くのか聞いてやろうとか、運命が俺たちを解放してくれたあとなら俺のパンチの一発一発で奴に安らぎを与えてやることができるなとか思っていた。奴は、遅かれ早かれ自分は殴られることはわかっていて、その上で差し向かいになる機会を探っていた——すなわち、それが奴のしたいことだったのだ。そのうえ、奴はなにかを説明したがっていた。

奴は起きあがって言った。「なんでもないさ」

どうやら、奴はいつでも俺と一緒にいなくてはならないこと、俺の粗暴なふるまいに耐えねばならないことが骨身に染みていたようだ。

本当なら逃げねばならなかったのだろうが、奴にもう一発お見舞いしてやった。奴は崩れ落ちたまま長いあいだ立ってこれなかった。口元から血が流れていた。

奴は言った。「うん、なんでもないさ」

翌日、俺は七日間の拘禁を言いわたされた。

ヴェンスキイは中隊長のところにいって、喧嘩を売ったのは自分のほうであり、自分も処罰をうけると言いはったが、中隊長は俺のことをよく知っていて、聞く耳を持たなかった。それで、ヴェンスキイは軍曹を侮辱して三日間の拘禁を言いわたされた。奴は俺とどこまでも一緒にいなくてはならないと骨身に染みていたのだ。だが、拘禁の前に医者の診察を受けなくてはならなかった。衛生班でヴェンスキイは営倉行きを禁じられてしまった。

二日後、俺は駐留部隊の営倉に連行された。

金、書類、自殺に使えそうなもの、首を吊れそうなものはみな衛兵たちに取りあげられてしまった。煙草はないかと、奴らはポケットをさぐり、指を肩紐の下に突っこみ、靴の敷き革を引っぱりだしてから、ブーツを振ってみて、服の縫い目を触ってたしかめた。それから没収品のリストが作成されて、署名させられ、房に移され、折り畳み式の寝台から鍵を抜き、明日まで寝ていてよいからな、今日は拘留期間に含まれないし、食事も支給されないからと告げられた。

房は四人部屋で、扉は鉄板が打ちつけられ、緑にぬられ、監視用の小窓が目の高さに開いていて、灰色の壁はコンクリート製だった——扉の向かいの壁には中庭へ通じる通気口が荒っぽく穿《うが》たれていて、飲料水が入った四〇リットルのタンクとコップが隅に置かれていた。それだけだった。

俺は板敷の簡易寝台に横になって眠りに落ちた。廊下でブーツの重い足音がして目を覚ました。もうだいぶ遅くなっていた。ほかの拘禁者が懲罰労働から戻ってきていた。消灯の合図のあとで、同じ房の中に座っていたのは二人だった——浅黒い水兵と、背の高い、太ったウズベク人だった——二人は房に入ってくると俺のことを陰気な目つきで一瞥《べっ》し、寝台に崩れ落ちた。衛兵が外から扉を施錠すると、覗き窓の上と壁の内側に常夜灯の二二〇ワットのくすんだ猫目が灯った。

水兵は無駄に口数が多い野郎で、必要があったのに房の外に行けなかったとか、こうなったら朝まで我慢しなくてはならないとか、夜に房から出ることは禁じられているからとかぶつぶつ言っていた。ウズベク人は黙りこみ、ロシア語がわからないふりをしていた。二人とも無断外出で十日間の罰をうけていた——水兵は祖母のもとに逃げたことを打ち明けたが、ウズベク人がどこに逃げたのかはわからずじまいだった。水兵の拘禁は二日目、ウズベク人は三日目だった。

夜、房は底冷えし、湿気がひどかった。

朝五時、営倉は叩き起こされた。

廊下に並ばされた俺たちは、作業出勤を憂鬱に待っていた。

俺たちは十人から十五人の班にわけられ、外に出されると、シャベル、バール、担架を配られ、持ち場を割り当てられた。俺たちの班はかなり離れたところにある、人の手が入っていない空き地に連れていかれ、ごみだか廃棄物だかのために溝を掘らされた。俺たちのあとを、マシンガンを携行した衛兵が二人ついてきた。二人のうちの一人はひょろっとした憂鬱そうな若者で、傍らのひっくり返った錆びたバケツの上に腰かけ、マシンガンの銃口を俺たちの方に向けて膝に置き、廃物のゴムから手慰みの玩具を作っていた。

俺は長いあいだ、そんなに走ったこともなかったし、ましてやバールや担架を持ってそんなに走るなんて生まれてはじめてのことだった。

昼食まで、ウズベク人は生きているとも死んでいるともつかなかったが、昼食のあと、夕食までのあいだはしぶしぶシャベルをふるい、掘った穴の中でめそめそ泣いていた。

俺たちの汚れようときたら、沼から引っこ抜いた枝かなにかみたいだった。

夜には、ひざがわらっていた。

水夫のいびきは、三メートルはある洋服ダンスをコンクリートの床の上をずるずる引き摺っていく音のようだった。

俺はすぐに生活に慣れ、ほとんど疲れを感じずにすべての作業を自動的にこなせるようになったが、ウズベク人は慣れずに毎日めそめそ泣いていた。

六日目の夜、消灯後の寝台で横になっていた水兵が話しかけてきた。「おまえは明日出ていくよな。俺はその次の日だ」にやにや笑いながらウズベク人を見た。「ここは悪くないだろ?」そして笑いだした。

ウズベク人は怒りで震えていた。

水兵は言った。「なんといっても、ここにいれば時間が飛ぶように過ぎるし、飯もたらふく食えるしな」

夜明け近くになって俺が目を開けてみると、寝台に腰かけたウズベク人は両腕を膝の間に抱えこんで、体を揺らしているところだった。それから奴は立ちあがると部屋を横切って水兵が寝たかどうか目を凝らし、再び腰かけ、こっちをじろじろ見ていた。俺はぴくりともしなかった。奴は飲料水のタンクに近づき、蓋をとった。奴は俺に背を向けて立ち、タンクをのぞきこんだ。俺は頭をあげた。ウズベク人はズボンのホックをはずした。俺は立ちあがった。奴はさっと俺の方に向きなおった。黒い瞳はかっと見開かれ、ランプのくすんだ光が映りこんでいた。

俺は口元を動かさずに言った。「このクソ野郎が」

奴は顔を歪ませて、俺の方に向かってきた。俺はじっと立ったまま考えていた——もし奴がフックを繰り出してきたら俺もそれまでだったろうが、奴は右ストレートを放ってきて、俺は左によけたが、動き出しが間に合わず、奴の拳が首筋をかすめ、頭の半分を持っていかれたかと思った。ウズベク人はそのまま飛びかかってきたので、俺は奴の股間を膝で一撃してやった。奴は呻き声をあげて唾を吐き散らし、体を二つに折った。俺は一歩下がって奴が床に伸びちまうまでさんざん殴りつけてやった。目を覚ました水兵が自分の寝台に座っていた。俺は奴に事の次第を話して、ウズベク人を起こして寝台まで運んでやるのを手伝ってくれと言った。水兵は息を呑んだまま俺に言った。

「まったくなんて奴だ。明日、言われるぞ。ここにあと十日いろってな。なんて奴だ。ここに……。

あと十日も」

俺は寝そべってランプのくすんだ灯りを見つめていた。拳がひりひり痛み、右手の親指は脱臼していた。奇妙なことに衛兵はこの騒動を聞きつけなかったようだ。

水兵は辛抱強くウズベク人に囁いていた。「あいつは喧嘩でもう五日加算され、おまえは飲料水タンクに小便をしたから十日以上だ」ウズベク人は呻きながら囁いた。「小便はしていない」だが水兵は言った。「だれがわかる？　調べやしないし、俺たち二人が言えば奴らは信じる」ウズベク人は黙ったまま苦しそうに息をし、それから囁いた。「なにを言えってんだ？　どうしてこんな顔になったかって？」水兵は囁いた。「ねぼけて壁に顔面をぶつけましたって言うんだ」ウズベク人は察して、囁いた。「いやだね」腹をたてた水兵は囁いた。「おまえの国籍はどこだ？」ウズベク人は囁いた。「アスファルト人だ」

だが、水兵の骨折りは無駄になった。だれもなにも訊いてこなかったのだ。朝、ウズベク人は部隊に連れもどされた。その前に奴は俺に近づいて、背中に手をまわして囁いた。「お互いだんまりでいこうぜ……」そしてこう囁いた。「絶対に」そして、奴は脱走した。

ほかの人間は懲罰労働のため集合させられた。

その日、俺は寝台の下から煙草の吸殻が見つかったせいで五日の追加をくらった。身に覚えがなかった。ウズベク人が吸殻を置いたのか、衛兵がたんに房で喫ったただけなのか、知りようもなかった。

次の日、水兵が外に出た。

俺は一人残された。日中は感覚がなくなるまで働いた。夜にはヴェンスキイのことを考えた。

それから俺の刑期は終了した。

俺は部隊に戻された。

俺は生きるよりも眠りたかった。

素晴らしい日和だった。家々の屋根には、上空を飛ぶ鳥をみな捕まえてしまう陽光の黄金《きん》の網がかかっていた。街いく人々はヴェンスキイと生涯会うことはないだろう。

基地には誰もいなかった。射撃場に連れていかれて、トーチカをカモフラージュするための芝生刈りをさせられていたのだ。

俺はベンチに腰かけて二十日間のあいだ一度も脱がなかったブーツを脱ごうとしたが、うまくいかなかった。当直の銃剣を取り、ブーツの胴をほとんど靴底に達するまで割いて、ブーツをベンチの下に放りこみ、だれかのぼろ靴をはき、足を引きずって曹長のところまでいった。煙草を二箱買い、その辺にあった雑誌をとると、腰掛けをひっつかんで洗面所に行った。窓辺に座って一服しながら、雑誌を読んだ。小さな田舎娘と大きな豚の話を読み、かわいい娘の写真の上に刷ってあった詩をいくつか読んでみた。詩はひどいものだったが、女はなかなかそそったから、こいつを印刷した奴はインポテンツに違いなかった。それから、漫画欄を読みふけった。

だれかが肩に触ってきた。視線をあげるとヴェンスキイだった。

奴は苦し気に微笑んで言った。「喧嘩のことは誰にも言ってないよ」

俺は言ってやった。「地獄に落ちろ」

奴は犬の舌のように真っ赤になった。「誰にもなんにも話してないよ」踵《きびす》を返して出ていった。どうやら泣いていたようだ。俺にたいしていつも罪悪感を抱いていれば、俺に嫌がらせができると奴はよくわかっていたんだ。

木曜に中隊長は中隊を整列させると、七日間で山道を百キロ行軍するという計画を話した。これは、運転手兼整備兵にとっては七日のあいだ装甲車から這いでることができないことを意味していた。中隊長は班ごとのスタッフを読みあげた。俺たちの無線技士はモナーシュカだった。ヴェンスキイは二〇四号装甲輸送車の無線技士だった――数字からいえば、俺の二〇五号車の前だ。二〇四号車の運転手兼整備兵はブラーギンだった。

俺たちはモータープールに連れていかれた。

時間が空いたときは、俺は指一本動かさないようにしていた――整備場をふらついているか、倉庫で寝ているかどっちかだった。だが、なにか嫌な予感が自分の中で育っているのを感じていた。

俺はエンジンの油を差しなおし、燃料ポンプも交換し、新しいスターターを取りつけ、ジェネレーターとレギュレーターを点検し、燃料フィルターを交換したが、多くの人間はそんなものは使わないで乗っているのだ。俺の仕事を見た奴は、俺が気がふれたと思ったことだろう。接続を確認し、ステアリングとブレーキングシステムを一から点検しなおした。それからこの前の行軍で、左前輪のハブがオーバーヒートしていたことを思い出した。タイヤとハブをとりはずしてベアリングを交換し、グリースをよく塗っておいた。重くて扱いづらいジャッキで持ちあげて、タイヤをとりつけていたとき、ふと俺はあたりを見まわそうという気になって、ヴェンスキイに気づいた――二十歩先の、潤滑油《ネグロール》が入った黒い大きなドラム缶のそばにいて、俺のことをじっと見ていたのだ。

自分がやったことはみな、時間の無駄以外のなにものでもなかったと悟り、俺はしゃがみこんだまま、油まみれになった両手とタイヤの下のスパナをうつろに見つめていた。湧きあがってきたのは、戦争がもう終わってしまった以上、憎しみを抱えて生きる力もなく、かといって哀しみで生きる意志もないという思いだった。

土曜日にモナーシュカは一日外出許可証にサインをもらった。頼めばやらせてくれる黒髪《ブリュネット》の女の住所をブラーギンから手に入れたモナーシュカは、全身をよく洗い、歯を磨き、アイロンをあてた軍服を着こむと、一目散に街に繰り出していった。

日曜の夜に帰ってきたモナーシュカは、落っこちた彗星のようにぴかぴか光り輝き、夜の点呼のときでさえやっと我慢しているといった風情で、服を脱ぎ、縦横に掻き傷だらけの背中を伸ばし、ゆうゆうと洗面所に行って、左耳の下につけられた細長い紫色のキスマークをみなに見せびらかすために頭をわざと傾けたりした。

次の二日の朝から晩まで、モナーシュカは終始ぶつぶつ言いつづけていた。三日目に奴が便所から沈んだ足どりで出てくると、黙ったまま自分のロッカーにいって、白紙を一枚に、封筒、靴クリームを取りだして、片方のブーツを脱ぐと、底にクリームを塗りたくって、床に紙を広げ、ブーツをはきなおして、紙を力一杯踏みつけた。それから靴底の跡がついた紙をたたんで封筒に突っこみ、黒髪の女の住所を書いて、中隊の郵便箱に投函した。

昼食のあと、モナーシュカは近づいてきて、雨を待つかのように顔をあげると、青い瞳で遠くを悲しげに眺めて言った。「どうも俺は嵌《は》められたみたいだ」

俺は煙草に火を点け、近くをふらついていたヴェンスキイを目をやったが、奴はすまなそうな不細工な笑みを浮かべて、ひとりごちていた。「俺も生まれたときから嵌められていたよ」

モナーシュカが言った。「俺は病院に行かなきゃならん」

俺は聞いた。「どうして」

奴は言った。「検査のためだ」——黙りこむと、また言った。「中隊長のところまでいって……どうも気分が悪くて、病院に行かなくてはまずそうだと言ってきたんだ。行軍には替わりを見つけたほうがいいんじゃないかって」

俺は訊ねた。「中隊長が？」

モナーシュカは言った。「中隊長は『わかった、おまえとヴェンスキイは交代だ』とさ」

俺は少し黙りこんでから、こう言った。「おまえは行軍が終わったらすぐ病院に行けばいい」

奴は俺を見つめ、訊ねた。「なぜだ？」

俺は言った。「なぜって、おまえは俺の無線技士だからな。それで十分だ」

それから俺は衛生班に行った。衛生指導員とともに一時間半、ケースと救急箱をくまなくあさってビブラマイシン、メブヒドロリン、ナイスタチンを見つけた。錠剤をモナーシュカに持ち帰った。

四月二十四日に中隊で騒動が持ちあがった。

基地を出た装甲車の縦隊は、市街地を迂回し、台地を横切って山麓に展開した。

道は狭く、おまけに曲がりくねっていた。

登りと下りが順繰りにあらわれた。

俺はエンジンの駆動音に耳を傾けながら、装甲車を運転していた。

肩ごしに何度も唾を吐いた。

そしていくつめかの勾配を登っているときに、装甲車は停止してしまった。俺はイグニッションを切って、もう一度入れ、スターターをまわしてエンジンをふかそうとしたが、スターターは空転するばかりだった。

弱りきっていたモナーシュカは言った。「なにか燃えてるぞ」

俺は黙ってろと言った。それから装甲板の上に這いでていった。

後方には二台の装甲車が停車していて、残りはゆっくり近づいてきていた。ブラーギンの装甲車は前方で同じように停車していた。先頭の四台はカーブの向こうに隠れてしまっていた。

二〇八号車から中隊長が拡声器で叫んだ。「どうした？　なにがあった？」もう一度叫んだ。「どうしたんだ？」

道を譲ろうにも、どうも少々狭すぎた。

エンジンの呻りは水深十メートルの圧力のように、鼓膜を圧迫していた。

「牽引しろ！」拡声器で中隊長が怒鳴った。「ブラーギン、そいつにロープをつけろ」中隊長がブラーギンに怒鳴り、俺にも怒鳴った。「ワイヤーを緩めろ！」

俺は地面に飛びおりて、ワイヤーを緩めた。ブラーギンは後退した。俺はロープをワイヤーに繋いで装甲車によじ登った。ブラーギンは急に引っ張った。三重ガラス越しにもうもうとたちこめる排気ガスの紫煙が見え、ロープがちぎれ飛ぶ音が聞こえ、ブラーギンの装甲車は山際に乗りあげていた。二〇四号車の装甲板に腰かけたヴェンスキイはハッチをのぞきこんで、ロープが切れたと叫んでいた。ブラーギンはブレーキをかけてゆっくりバックしはじめた。この世のありとあらゆるものを口汚く罵りながら、俺はふたたび這いだしたが、ヴェンスキイが先に飛びだしていた。奴のブーツは白い土埃に埋もれていた。奴の腕が別のワイヤーを握っていた。

奴は言った。「大丈夫、繋ぐから」

俺は脇に立って、ピアニストの器用で敏捷《しょう》な指先が不器用にワイヤーをクランプに繋ぐのを見ていると質の悪い笑いがこみあげてきた。ワイヤーをブラーギンの装甲車にやっとのことで連結すると、振り返ってもう一方の端をこっちのクランプに結びつけようとした。ヴェンスキイのブーツに忍び寄る影だけで俺はブラーギンの装甲車がひとりでにバックしているのを察知し、それからはっきりと視界にとらえることができた——よくあることなのだが、ハンドルをにぎって座っていると、ぼけっとしてなにも気づかないのだ。

ヴェンスキイはブラーギンの装甲車に背を向けて立ち、ロープを結ぼうとしていた。

俺はヴェンスキイの背後に迫る影を見て、二秒後に奴は装甲車に挟まれて潰されてしまうとわかった。

万事は勝手に決まっていってしまうもので、無駄口をたたいているあいだになにもできなくなっちまう。

俺はなにも考えたくなかったし、叫びたくもなかった。それというのも、もうすべておしまいだっていうときに、考えたり叫んだりするほどばかげたことはないからだ。

ヴェンスキイが顔をあげ、ブラーギンの装甲車のリアバンパーが奴の背中から数センチに迫った瞬間、俺は車から跳びおりた。そして全身全霊の力を、そこにあったありったけを、そしてそこにあるべきだったありったけをこめて、ヴェンスキイに一撃をくらわせた。俺の骨が鋼鉄のバンパーに挟まれて砕けるより先に、ヴェンスキイの貧弱な身体が俺のパンチで吹き飛ばされ、けして壊れない木偶《でく》人形のように装甲車から二メートルのところに倒れたのが見えた。

俺は路肩の温かくて柔らかい土埃の中に寝かされた。だれかが俺のヘルメットを脱がして頭をなでていた。たぶんヴェンスキイだ。

俺は質の悪い冗談はやめろと言う。

俺はどこにも連れていかなくていいと告げる。動かしたいのはおまえらで、俺にとって大事なことは動かないことだ。

だが、おまえは俺の話を聞いていない。

俺は目を開けない、なにが見えるか知っているから——装甲車の縦隊は、カーブの向こうに隠れて見えない先頭の四台をのぞいて停止していた。

目をちゃんと開けることができるかどうかわからない。俺にはなんの感覚もない。おまえの声は、落石の轟音と射撃場の轟音と溶けあっている。生きとし生けるものは死者の群れと溶けあっている。

俺をどこにも連れていかなくていい。

……灰が積もっていくようにそっと、音もない歩調で、そいつは灰色の道をゆっくりゆっくりとこちらに歩み寄ってくる。

俺に触らないでくれ。

俺はそれを見たいんだ。

根と的

バスカーコフが家の建築作業に着手していたのを村人たちが見つけたのは早春のことだったが、その時点ですでに基礎はできあがっていた。男が頭を上げることなく、食事や一服するために手を休めることなく、日の出から日没まで働くのが、低く傾いた塀ごしに村人には見えたが、急いでいる様子ではなかった。朽ち果てた大きな犬小屋から二メートルのところに繋ぎあわせたベニヤ板を敷き、ぼろを丸めて頭の下に置くと、ほとんど服も脱がずに、防水シート一枚を体にかけて寝ていたが、明け方になると露がびっしりついてしまっていた。脇には犬小屋と水が入った容器から少し離れたところに灰色の大きな犬が横になっていて、犬種はさだかではなかったが、両肩のあいだにぞろりと生えそろった毛の厚みとその色、血に飢えて獰猛に鼓動する引き締まった臀《でん》部からうかがうに、母犬は狼の群れに交じってこの犬を生んだのだと推定できた。犬は雨を好み、春になるといつも泥まみれで、まるで水牛のようだった。犬の鎖は庭の隅の隅まで行けるようにと、かなりの余裕がもたせてあった。主人が働いている日中は寝て過ごし、夜になると月に照らしだされた地面に物音ひとつたてずに伏し、不吉な、ある種の鉱物のように光の消えた瞳で木戸を見つめ、蝶番《ちょうつがい》が軋む音がすれば、自らの内なる半身の血の滾《たぎ》りのままに、いつでも身をおどらすことができるよう備えを怠らなかった。朝、男は目を覚ますと、防水シートを振り落とし、顔を洗い、犬をブラッシングして餌をやり、自分も食事をとると、休むことなく夜まで作業に没頭していたが、作業中は油かすをずっと噛んでいて頭をあげることはなかった——来る日も来る日も、屋根の設置に際してさえ男は頭をあげなかった。傾いた塀の向こうを人々は覗きこんだが、男は体をかがめて庭の真ん中に立ち、辺りの空気と光を素早い斧の規則正しい連打で砕き、鉋をかけ、鋸をひき、釘を打っていて、押し黙り、依怙地《いこじ》で敵意を剝きだしにしたその様子は、半分だけ打ちこまれた釘を思わせ、周囲にだれがいようがなにがあろうが気にとめないといった風情だった。

煉瓦やセメント、そのほかの建材は、煉瓦工場で主任技師として働く兄が提供していたので、村人は煉瓦が滞りなく運びこまれるだけでなく、その品質が高いのを見ても、早くも定着した驚くという習慣にならって、控えめに驚いてみせるだけだった。それも兄が国定価格の二割増しの料金を弟から徴収しているという事実——前科者である弟に対する信用貸しのため、という説明まで用意していたが——を人々が知ったなら、驚くことすらやめてしまっただろう。煉瓦を積んだトラックが来るときには兄もきまって姿をあらわし、自分の依頼あるいは指図で工場から派遣された三人の男が汗まみれになりながら降ろした煉瓦を、弟がなだらかな小山に積んでいく様子を、黙ったままじっと見つめていた。落ち着き払ってわきに立つ兄は、背のわりにはずんぐりした重そうな体で(弟とは正反対の外見だ)、黄ばんでたるんだ顔には、靴の踵を思わせる、つぶれた幅の広い鼻がついており、その上で眼鏡のレンズが光を反射して光っていた。荷おろしのあと、紙と鉛筆を兄が手渡すと、弟は煉瓦に腰をおろして借用書を書いた。兄が無言のままそれを上着のポケットに突っこんで庭を出ていくと、短い鎖に繋がれて猛り狂う犬の咆哮をかき消すように、トラックも傷んだ荷台の横板を轟かせて後をついて出ていくのだった。ただ一度だけ、兄と弟は言葉を交わしたことがあった。荷を降ろしていた男は、兄が蔑むようにこう言うのを聞いたのだった——犬をおとなしくさせておけ。そのとき、弟は自分の心——そこでは行き場をなくした渦巻が、冷たく澄んだ無法者の憎しみを滾らせていた——の閘門《こうもん》を一瞬だけ開けはなって、食いしばった歯の隙間からこう漏らした——庭に悪党が忍びこんだら吠えるよう繋いでるんだ。

十二月の頭には初雪が降り、男は家を完成させないまま出かけていった。早朝、塀の内側の庭をきれいにすると、板を打ち合わせただけの急ごしらえの離れの納屋に器具を片づけ、片手には食料品の残りを詰めたリュックサック——肩紐がとれてロープで結わえつけていた——を持ち、反対の手に握られた二メートルの革紐は灰色の犬に引っ張られてぴんと伸び、その端では古ぼけたフックによって粗末で大づくりな首輪が固定され、金具がかちかちと音をたてていた。男は駅まで歩いていったのだが、毎朝駅まで走っているバスはといえばそこかしこで割れた窓ガラスがベニヤに張り替えられてガタガタうるさい鉄箱が、溝がすり減って鶏卵のようにつるつるになっただけでなく、空気も半分抜けたタイヤの上にやっとのことで載せられているといった有様なのだった。バスが停車している売店に男が近づくと、村人の群れは前をあけたが、それは人が固まっているからといって男が自分の進路を外れはしないとわかっていたからであり、男の中にある理解不可能ななにかが運命の目に見えないレールに沿って男を動かしていて、その氷のような素っ気ない侮蔑は、自分たちを動かしている原理とはまったく違うものだということをわかっていたからだった。男が黙ったまま人の隙間を抜けていったとき、湿り気をふくんだ粗野な匂いが人々のもとに届けられた。

同じ日の正午、男が納屋に隠した道具は、煉瓦工場からやって来た二人組の男によって運び出されると、トラックに積まれて持ちさられてしまった。

一冬のあいだ雪に覆われてしまった建築途中の家は、禁じられた、目を背けたくなるもの――人が入ってはいけない聖なる山かなにかのようであり、村の住人たちはみな、妬ましく思いながらも、秘密の封印を厳かに遵守し、建築途中の家を好奇の手から守り、子供らを遊ばせないよう、浮浪者に野宿させないようにした。冬のあいだただ一度だけ、建築途中の家の冷たい煉瓦の壁が、衰弱した浮浪者の老人に風よけとして使われたことがあったが、老人の長い白髪は虫がわいてうねっていて、着ているものは棒杭のようだったが、それというのも服は、温かい季節に放浪していたときに汗で湿ったセメント滓や嘔吐、糞尿のほうを繊維よりも多くふくんでいたからであり、その服も今や厳冬によってぱりぱり音をたてる氷の甲冑《かっちゅう》に変わってしまい、鋸《のこぎり》か灼熱の炎の助けをかりなければ、そこから脱出するのはすでに不可能になってしまっていた。だが、老人が顔を伏せ、やせ細った震える手で頭を覆い、耳のなかの風の唸りを鎮め、窓枠とドアが嵌《はま》るはずだった巨大なアーチの開口部から吹きこんでくる雪煙から顔を守っていると、どこかの子供から報せをうけた村人たちが、表面を磨きあげたスコップや熊手、鎖で武装し、建築途中の家の方へと進んでいったが、それは奇妙で不可解な義務感──いまや村人たちの全身全霊を、赤く燃えた電気コイルがたてる静かだがしつこいジージーという音で満たしている──に衝き動かされての行動だった。だが、やっとのことで傾いた塀に近づいたとたん、前列の人々はぴたりと足を止め、意識の中で轟々と燃えている赤い禁止線をあえて踏み越える勇気がでずに、やたらに喊声をあげて両腕を振りまわしては叫び声の飛沫を巻きあげるだけだった。怯えた浮浪者が、胴体のまわりで固めたコンクリートの筒のような、こわばった服の中でもぞもぞ動きながら、戸口から抜け出したとき──まだはっきりと目が覚めず、生気のない瞳は青ざめた、胎盤のように薄い瞼で覆われ、耳は風で劈《つんざ》けそうになっていた──人々は突如、沈黙し、急停止してしまったが、その様子はまるで不意に炎が石化してしまったかのよう──舞いあがる無数の火花も石化し尽くしてしまい、挙句の果てには時間そのものが石化してしまったかのようだった。それから、村人のひとりが大声で叫んだ──ここに奴がいるぞ！　ここだ、あの野郎だ！　即座に人々のどよめきが、長靴やブーツの爪先で凍土から削りとった石と氷の塊とともに浮浪者に浴びせかけられた。やっとのことで立ちあがった老人は、疲労と朦朧の網に絡まってふらつきながら、甲高い叫び声と氷の口笛に追われて、柳の喬《きょう》木が鬱蒼と生えた沼の方へと、覚束ない足どりで去っていった。

バスカーコフは翌年の三月に帰ってきた。男を最初に目にしたのは盲目の少年だったが、この少年はいつも通り夜明けの一時間前に皮膚で朝を感じとって起床し、手探りでこしらえるミニチュア寺院に使うマッチ棒が積まれた窓辺に座って、窓敷居にもたれかかっていた。少年は三月の祝日の前日に男を見たのだが、朝六時に、胴の部分をくるぶし近くまで折り返したか切り詰めたかした蛍光色の長靴をはいて、春のぬかるみを歩いているところだった。片手には肩紐がないリュックサックを持ち、もう片方の手には灰色の犬が引く革紐があった。少年は思わずマッチをとり落とした――そして、視力を失った目の奥に焼けつくような痛みを感じながら、無言のままじっと、未完成のマッチ製寺院のキューポラの上方を食い入るように見つめていた――断固とした黒い背中や、重たい鐘を思わせる揺るぎない黒い後頭部を――そして、燃えるような痛みに疲れ果てながらも、男と犬が、盲目の二年間のあいだに慣れ親しんだ闇に溶けてしまうまで目をはなさなかった。

三月七日の朝六時、戸口の針金を引きむしり、犬を錆びた長い鎖に繋いだ男は、蟻がたかってぼろぼろに喰い破られてしまった黒キノコにも似た犬小屋のそばに少しの間立っていたが、着替えずに、観察も検分もしないまま仕事にとりかかり、冬のあいだに風が運んできた濡れた塵やごみを建築途中の家から掃き出しはじめた。この夏、男はひとりではなかった――毎日煉瓦工場から数人の男が手伝いにきただけでなく、ほぼ毎日紙片とちびた鉛筆を手に兄がやってきて、例の借用書の受領に必要なだけの時間とどまり、自分ではびた一文支払わない建材と労働力の価格をひとりで設定し――というのも、家の建築を手伝っていたのは主として公金を使い込んで懲罰労役を課せられた兵士だったからで、彼らがことを荒立てようとするはずもなかったからなのだが——地域の労働組合委員の代表でもある主任技師は、彼らが煉瓦を選り分ける人間と同じ工賃をもらえるよう、出勤簿を現場監督が提出するのを手助けしていた。労働力の利用料としては、中規模工場の煉瓦の仕分け職人の工賃に比べても、借用書に記載されている合計額は相対的に安価なものだったが、建材についてては——建材は無償で提供されているのではないかと村人は疑っていたが——兄は法外な価格を設定していて、それは相殺関税のシステムを導入したものだったが、そのやり口は、農場で育った牛の乳からできたカッテージチーズに相殺関税をかける商人に酷似しており、そのせいでカッテージチーズの価格は農場全体の工賃と同じくらい高騰してしまうのだった。こういった狡猾さがだれも欺けないとは知りつつ、兄は瞬きもせず、淡々と借用書をポケットにしまいこむと、オートバイに乗って書類の裏書きのために公証人のもとに向かったが、その様子は、兄の手が導きだす数字と文字について一度も立ち入らず、なにか議論しようともせず、自分とはまったく関係がないものといった風情で注意を払わない弟の無言の同意をとりつけるであろうことにこれっぽっちの心配もしていないように映った。

家は九月の半ばに完成した。そのうえ、男は、あらかじめ手早く古い納屋を倒して解体しておいてから、上質な角材と板で堅牢な納屋を二棟こしらえ、灰色の犬に新しい犬小屋を建て、川から運んできた白い砂をトラック三台分も庭に撒いた。そして体から鉋屑《かんな》と石灰を苦も無く払いのけ、陰気な顔から瘡蓋《かさぶた》を削り落とすように苦も無く髭を剃ったあと、電信局に行き、ジェズカズガン〔カザフスタンの同名州の州都。銅工業で有名」にこう一言電報を打った――マイラレタシ。支払いを済ませると黙ったまま出ていった。電信局の太った女性は言った――あいつったら一言も口をきかなかったわよ。電報を受けつけた女は言った――聞いてたかしら、私が何度も質問しているのに、あいつったら首を振ったか、うなずいたかしただけね。三人目の女は言った――だれに電報を打ったのかしら。電報を受けつけた女は言った――バスカーコフさんね。たぶん奥さんか、もしかしたら妹かもね。太った女は言った――あんなやつがどうやって妻なんて。電報を受けつけた女は言った――だけど、名字がバスカーコフなんて。三人目が言った――そんな名字初めて聞いたわよ――それからこう付け加えた――じきにわかるでしょうね。太った女は言った――じきにじゃないわね、ジェズカズガンは遠いもの。

男の妻と娘は十月初めにやって来た。到着までのあいだに、男はあれこれ家具を買いそろえておいた。机、椅子、寝台、小さな棚を一組、値引きされていた食器用のキャビネットも――つまりここに着いた時点で男は金を持っていて、借用書を書いたのはそのほうが男の好みに合っていたからであり、建材の支払いを現金でしたくなかっただけだったということだ。さらに納屋のひとつに、製材していない丸太で間仕切りを作り、干し草を敷いて、一頭の豚を購入したのだが、それはまさに干し草をまき、雑に作った飼い葉桶を設置したのと同じ日で、その二日前なら隣人からもっと安く豚を買うことができたにもかかわらず、男がそうしなかったのは、一時間かければこしらえることができる飼い葉桶はまだなく、五分かければ敷くことができる干し草もまだ敷きつめていなかったという理由だった。電報を打ってから二週間が過ぎると、男は駅から来るバスの停留所になっている売店に朝でかけるようになったが、黙ったまま誰にも挨拶せず、売店の入り口の左寄りに立ち、広いつばの折れたフェルト帽を目深にかぶり、黄色い藁を嚙み、きちんと髭を剃り、一張羅《いっちょうら》を着て、磨きこまれたブーツをはいていた――男のこんな姿をだれも見たことがなかったので、売店を覗いた人は念のため、男が外見とともに、本質をも変えてしまったのかもしれないと考えて、男に微笑みかけてみたのだが、その人格から放射される輻《ふく》射エネルギーの臨界域に踏みこむと、以前同様、頭に混乱を、全身に説明不可能な倦怠を感じてしまい、乾かした髪がばさばさになるように、ほどけた麦の束がばらばらになるように、健康な筋肉繊維がほぐれ、もうお互いに結びつくのをやめてしまったかのようで、人々は力が抜けてしまった脚で、沈着に待機姿勢をとって硬直している人物の破滅的影響力のおよぶ範囲から逃れようと急ぐのだった。二日間、男はバスを迎えに来て、三日目に二人がやって来た。邪魔がはいらぬよう、さきに乗客全員を通してから、二人は最後にバスを降りた――白い服を着て、透き通るような白い肌に美しい顔だちをした、すらっとした女性だ――ただただ驚いたよ――その場に居合わせた高校教師はそう言ったのだが、この人物こそ、女がその美貌で舌を乾かさなかった唯一の男になったようだった――ただただ驚いたよ――教師は言った――あんなに清らかで美しい女性が、埃っぽい錆びだらけのおんぼろバスから出てくるなんてさ。女性に続いて降りてきたのは、愛らしい少女で、年は十四、五歳といったところ、ベージュのスカートに枯葉色のブラウスを身につけ、首元に巻かれた色鮮やかなスカーフが頬から柔らかそうなバラ色の唇の端まで隠していた。少女はぱんぱんにふくらんだバッグを二個、すらりとした女性は使い古したスーツケースを二個持っていた。荷物を運ぶのを手伝おうとして教師が女に歩みよると、視線が愛らしい少女にぶつかり、そして視線が少女にぶつかると、ガラス製品同士がぶつかったときのキーンという澄んだ音色が聞こえた。教師は女の方を向いてみたが、その体は前方に進もうとしたのに喉元にぴんと張った輪がかかって不意に停止してしまった人物の体勢になったまま動かず、そこで教師は少女の方を見たが、それは喉元を固く締めあげる見えないロープの端のほうに少女がいたからで、少女はゆっくり首を横に振って、自分たちの到着を三日のあいだ待っていて、まだその場を離れないでいるフェルト帽のぴくりともしないシルエットを目で示すところだった。そして二つのスーツケースを持った女は、まっすぐに男の方に向かった。そこでようやく村人たちに判明したのは、女が男の妻だということだった。高校教師は言った――そう――それというのもなにかを話すのが彼の責務であったからであり、職業上の必要から彼だけが文法的に正しく話すことができたからでもあるのだが、こう口にした――女性が男の声を聴いたことがあったのならよいのですが、せめて結婚前に。とにかく、男の妻が存在しているというだけでなく、若く美しいということをわが目で見て納得すると、人々はこんな馬鹿げた冗談でからかってくる己の目に映るものに疑いの目をむける構えをとった――というのも、人々は男といえば薄汚れた灰色の犬のとなりで剝きだしの地面に寝ている姿以外には想像できなかったからだ。そのうえ、湧きでる疑問が人々を苛《さいな》むことになった――あの女は、ほかの人々が男に近づくときに感じているものと同じものを感じているのかどうか、自分たちか、あるいは女のどちらかが狂っているのだろうか――すなわち頭の中の混乱は、女にとっては自然な状態であり、全身を包む倦怠はこの病を慢性的なものにした男との不断の交わりがなければ、どこかで治癒していた別の病からくるものなのかと。人々がじっと推理に没入して考えていると、高校教師がリンゴを咀嚼《そしゃく》するのをやめずにこう言った――もう、あの三人は家に着いて、女は男に小麦粉の粥を作っていますよ――そして、教師は三人の後ろ姿を思わしげに見つめてつづけた――昨日、男が小麦粉を買ったのを見ましたから。だれかが口を開いた――ということは、女が狂っているということでいいのか？ 教師は言った――あの女《ひと》は狂ってないですよ――教師はこうつづけた――狂っているのは我々のほうです。人々は一斉になにか異議を唱えようとしたが、教師のほうは聞く気などさらさらないようで、おそらくそれは教師が地元の出身ではないからだった。だが人々はこの地そのものであり、この地そのもののように、そこを行くものすべてが自分たちの関心ごとなのだった。人々は三人の後ろ姿を見つめていたが、三人はすり減った丸石が敷かれた埃っぽい道を歩いていき、それから柔らかく密に苔むした埃が足音を掻き消してしまう未舗装路のほうに折れ、兄の厚意によって住めるようになった新居に向かって歩いていったのだが、道を探りつつ前を進む娘は、輪よりも強く人を押しとどめる力をもった、発酵した蜂蜜のように黄色い瞳を見張らせていた。それからというもの、人々は一家をよく見かけるようになったが、バスカーコフは一緒ではなく、この男は地区中心部の往来で出会っても、自分の妻や娘のそばを平然と素通りして一言も発しないのだった――男にとって、ただ二人のうち一人が自分の妻で、もう一人が自分の娘であるという程度の条件では、特に必要もないのに口をきくなどという考えは毛頭浮かばず、それはほかの人々が井戸の暗闇や花壇の芳香と話をするなどと思い浮かばないのと同じことなのだった。だが、二人の方から男に近づき、前に立ってなにかをたずねたり、商店であれこれ買う必要があるかどうか確認したりするとき、男はときたましゃべったが、それもまったくなにも話していないかのように唇を震わせるだけで、男の陰気な黒ずんだ顔のしわは一本たりとも伸び縮みしないのだった。男が二人を見るようなことがあったとすれば――そんなことは、少なくとも外の、人目があるところでは滅多になかったが――自分が建てたあの家を見るような目つきで見たのであって、妻と娘も家とまったく同じように――ただずっと以前に――男は手元の図とスケッチをもとに、硬骨と軟骨を骨格のなかに納め、動脈と静脈と筋肉を張り巡らし、血を圧搾して送りだし、完成した工芸品に皮膚による下塗りを施して作ったもので、こうして今、男のおかげで、二人は動き、呼吸し、見聞きする能力をえているのであり、これ以上彼に求めるものがあるとは夢にも思わないのだった。二人とも申し分なく健康で、娘の右頬の火傷《やけど》の跡さえ気に留めなければ、きわめて厳格な基準に照らしても、瑕疵《かし》すらなかった。この炎の印は、鮮やかな色のスカーフで隠されていたが、それが人々に知れわたったあとで村の老婆が主張しだしたのは、その瞳の色がスカーフが隠しているものを漏らしてしまっているということで、それというのも赤子の顔に炎が触れたのは、まだ眼が色を変えることができたときのことで、両目は生涯黄色く染めあげられてしまい、娘のみる夢を火災の色――青味がかった檸檬《れもん》色で彩るのだということだった。

兄はバスカーコフのもとを半年で五度訪ね、借用書通りの金額の支払いを沈着に求め、抑揚のない感情の欠落した声で月割りで利子がつくと脅した。訪問はバスカーコフが職に就いた三か月後にはじまり、五度目の訪問で兄は二か月後に訴訟を起こすと宣言し、法的手段によって借用書の定める金額の支払いを請求したうえで、家をいわゆる競売にかけ、資産評価委員会の調査ののちすみやかに新しい所有者から支払われるべき金額を受けとるようにすると述べた。兄によって定められた期間——すなわち二か月間——に清算することは誰の目にも不可能であり、この期間を設定した兄にも、この条件が理不尽なので、バスカーコフが支払いをはじめないことは、おそらくわかっていたのだ。そこで、兄弟は新居の一室で真新しい固い椅子に腰かけ、チェックのテーブルクロスがかけられた真新しい円卓をはさんで向かいあうことになり、それはぱっと見には記憶をなくした一対の木偶《でく》の坊のようだったが、実際には、すべてを記憶している骨肉相食《は》む天敵同士であり、常にほかのなににもまして冷たい憎悪を育てていたが、それは眼窩《か》の洞《うろ》のどこか奥の方にこっそりと、入念にしまいこまれていて、そこで反乱の燃え滓《かす》を燻《くすぶ》らせているのだった。二人は座ったまま見つめあった。それからバスカーコフは一切の感情をこめずに一語一語を軽くのばし気味に、こう告げた——耳をそろえて払うつもりだよ、だけど約束通り二年のうちに。兄はこう言った——借用書には二年とは記録されていないぞ——さらにこう言った——至急金が要るんだ。バスカーコフは言った——耳をそろえて払う、だが二年以内だ——さらに言った——二年だ、覚えておけ——それから、やはり一切の感情をこめず、まるでなにも話していないかのように、ただ唇を震わせて言った——

もし、おれを訴えるんなら、お前を殺す。

だが、兄の五度の訪問は、男にとっては深い沈思黙考への端緒となり、それから目から鱗《うろこ》が落ちる体験にも似たなにかが訪れたのだが、それはなにごともたらさず、少なくとも現況においてはなんの現実的効果を及ぼすことはできなかったが、バスカーコフが深夜、玄関口に座りこんでいるときにふと悟ったのは、自分の兄は借用書に記載された金額を必要としているのではなく――もちろん金を巻きあげる方法を思いつけば、それを受けとることはやぶさかではないだろうが――兄にとって重要なのは他人の名で登記された竣工済みの家を手に入れることで、バスカーコフはその所有物を好きな時に奪うことができるように、偽りの家主として、いわば囮《おとり》の鴨として利用されていたのであり、というのも、弟は法的に見て脆弱であり、もっと正確に言えばまったくの無力であり、借用書によって瀬戸際に追いこまれてしまっているからだった。兄はこの家が欲しいのだ――ほかの動機を、この明らかに履行不可能な約束からひきだすことはバスカーコフには不可能だった。建材の国定価格に上乗せした二〇パーセントの付加金についても、まずまちがいなくバスカーコフの目をそらすための手であり、それによって兄はバスカーコフに自分個人の金銭的利益のために貸しているのだと信じさせようとしたのだろう――この二〇パーセントがなければ、意図はそれほど明白ではなかった――というのも、兄が建材を自腹で払っているのか、煉瓦をスレートやベニヤ板、セメントと交換するといったありとあらゆるペテンでただで手に入れているのか、誰もはっきりとは知らなかったのだから。とはいえ、そうしたことは、兄によって仕組まれた目的、裏の目的、秘

められた希望や暗い意図が重要ではないのと同じく重要ではなかった――バスカーコフにとっては
バスカーコフの関心の果てが、世界の果てなのだから。

＊　＊　＊

その事件が起こったのは、娘の母親が労働者居住区ソヴィエトから地区委員の判子を押したパスポートを返してもらってからおよそ八か月、そもそもパスポートを受領していない娘がある若者と同じグループにいるところを最初に目撃されてからおよそ一か月がたった夏のことで、隣町に住むそのたくましい若者は最近まで荷役夫として働いていたマーガリン工場を首になってすぐ、レンガ工場にまた荷役夫として職をえていた。しかも、その若者と会っているときの娘は、とくに楽しそうでもなく、自分の左頬にある炎の跡を恥じていただけかもしれなかったが、それを別にしても、娘が自分からその出会いを求めていたというわけではなさそうで、学校からの帰り道、あるいは、同級生のグループ――彼らは男があらわれると二人きりにしてくれた――でたまに足を運ぶことがあった映画館からの帰り道で男に会ってはいたものの、娘の青ざめた顔から察するに――女の顔というものを信用してもいいという前提の話だが――押し殺した、静かな苦しみ以外のなにも感じていないようだった。娘は若者と並んで静かに歩いていった――若者は長身で肩幅が広く、足先から頭まで鍛え抜かれた筋肉の鎧を隙間なく纏《まと》っていて、開け放されたシャツの胸元から胸毛が見えていなかったら、服の下に甲冑か、さもなくば防弾チョッキを着こんでいると勘違いしてしまうほどだった。しかし、それは近くで観察すると消えてしまう第一印象にすぎず、肥大した筋肉の上をローラーで転がしたようになめらかかつしなやかに皮膚が覆っていて、それはあたかも水が谷川の滑らかな丸石の上を転がっていくかのようでもあり、若者自身の身のこなしも同じようになめらかかつしなやかだったが、その一挙手一投足には、流れの表層は静かだが、川床が傾いたとたんに跡形もなく消え去ってしまう、水のもつある種の度し難さのようなものが滲みでていた。若者は二十五歳だったが、外見は三十歳ぐらいに見えた。若者はいままで一度も娘の家までついていったことはなく、二百メートルぐらい手前で別れるのだった——娘の意にそむかないほうが目的を迅速に遂げることができると、若者にはよくわかっているようだった。だが、二人についての噂話が躾《しつけ》が行き届いた住人たちの舌の上で苦い唾液を沸きたたせるようになったあるとき、若者は娘を戸口まで送っていってしまい、そこで娘が恐れていたことがついに起こってしまったのだった——家からバスカーコフが出てきて、二人の方に悠然と歩みよってきたのだ。バスカーコフは戸口を開けると、若者には目もくれず、欲深い、冷たい好奇心で娘を見つめ、黙ったまま、娘と時間のどちらを先に凍りつかせてやろうか決めかねているかのように、娘を長いあいだ冷ややかに眺めまわしていた。それから、静かにこう言った——家に入れ。若者と二人、差し向かいで残ったバスカーコフは相手の肩に触れそうなほど近づき、視線を若者の胸に固定してから、突然手をふりあげ、固く伸びた黒い指で若者の腹を突いて、若者の鍛え抜かれた筋肉をガーゼのカーテンようにたやすく押しへこませると、これっぽっちの感情もこめずに告げた――娘と一緒にいるところを二度と見せるんじゃないぞ――指をそのままにして少しのあいだ待ち、こう付け加えた――以上だ。

バスカーコフの警告を聞いたにもかかわらず、若者がどうして娘を松林に連れこむなどという決断ができたのか人々は長いあいだ解明できずにいた――若者は人々の筋肉に同じ力と同じ疲労を供給したこの同じ地に住み、人々と同じ空気を呼吸しながら、決意を吸いこみ、逡巡を吐きだしたはずであり、草と根の匂いが残るあの同じ味の水を飲んでいたにもかかわらず、若者はバスカーコフの血と、十六年にわたる聖なる労働と、挙句には目に見えない烙印によって、揺るぎない不可侵性を保障された存在を暴力によって侵害することを企図したのだった。それが起こったのは雲ひとつない、焼けつくような八月の白昼で、大気中の気温は人体にとって危機的な温度を越え、密閉した圧力鍋のようになった頭蓋骨のなかで脳が沸騰しはじめていた村人たちは、五年前、やはり耐え難い暑さだった同じような八月のある日に、空を染めあげたオレンジ色の蜃気楼――その詳細については、あとから地方新聞に載ったが――のような、理解不能な事件を待ち望んでいたのだ。そして、十四歳の牧童が村を走りぬけながら、暑気で朦朧となり放牧されるのを拒んだ牛たちの肋骨の下を固く丸い踵でこづいて追っていったあと、人々はバスカーコフの娘が、父親の禁止令を軽く見た肩幅の広い求愛者に連れられて「大事な話」をするため松林のなかに消えるのを目撃した。その一時間後、早くも娘が松林のほうから村に駆けてきたのだが、体をかろうじて支えている両脚はあちこち汚れ、強張《こわば》っていて、一度きりの激発、衝動が生んだ慣性の力で動いているかのようで、服はとところどころ破れ、背中には押しつぶされた黒すぐりの跡がべっとりついていて、額の掻き傷からは血が流れ、乱れた髪には剝がれた樹皮と苔と松葉が絡まっていた。強姦された娘がもう二度と外出しないと固く心に決めて家に駆けこんできて、なにが起こったか母に隠そうともしないまま暗い絶望に崩れ落ちたのと同じころ、バスカーコフは驚異的な暑さ——それは男の内面に堆積した氷を燃えたたせることはできなかった——にもかかわらず秋服を着こんで、つばの広いフェルト帽を目深にかぶり、菜園の端の沼地に生える背の高いアブラガヤとカヤツリグサの真ん中に自作のプラグを設置していた。バスカーコフは、春雨の季節に菜園の端の植えつけが氾濫した沼に浸食されないよう掘った、腐った緑色の水が半ばまで満たしている狭くて深い溝に船底プラグを沈めると、唇を陰気に嚙みしめ、兄のことを考えていた。乾いたアブラガヤががさがさ音をたてる中、溝を覗きこむように身をかがめ、魚とヘドロの鼻につく匂いを感じながら、あの畜生がなにを企んだのか考えていた——もちろんなにか企んでいるに決まっている——その証拠に一か月半のあいだ、あのいまいましい借用書を手にした姿を一度も見せていない。男は兄の五度目の訪問のあと、玄関口に深夜座りこんでいるときに家が狙われていると気づいて以来、つねに兄のことを考えていた。その沈思黙考の中、そのうかがい知れない冷徹な孤独の中で、自分の汗と忍耐の土台の上に築きあげた家を奪いとるために兄がとりうるあらゆる手立て、ありとあらゆる術策に思いを巡らせ、血なまぐさい闘いが待ち受けていることを確信した——ほかのすべての人々から秘匿され、隠蔽されたその闘いは、血をわけた二つの存在によるもので、その二人を生んだ女はとうの昔に死んでしまっていたが、この闘い――非人道的な闘い、いやむしろ互いに反目しあう現象同士による闘い――のことを予言しており、やはり二人の親であったとうの昔に死んでしまった男はその予言を聞いてはいたが、子供らの遊びの中に芽生えていた、かすかにそれと感知しうる、分かちあった血への根深い反発のきらめきすら見抜くことはできず、その血は、二人が大人になるにつれ、両者特有の孤立性、非社交性によってすら隠しきれないものになり、二人がそれぞれ別々のときに、別々の目的でやって来たこの集落で、その血縁性を開示し、公開し、流布する人間がいれば、そいつの首をへし折るために最初で最後の協力をするということさえ十分にありえた。

　バスカーコフはもう一時間ほども家を留守にしていた――その間に妻は娘から衣類をすべて剝ぎとり、灯油にひたして暖炉で焼却してしまい、さらに娘を家から引きずりだして冷たい水で洗い、清潔な服を着せ、頭にハンカチを巻いて額の掻き傷を隠し、寝台に寝かしつけた。それで、家に戻ってきたバスカーコフを出迎えたのは重苦しい、びくともしない静寂で、そこではあらゆる音が目に見える輪郭を持っているかのようであり、叫び声でもあげようものなら発火しかねないといった雰囲気さえあった。男は妻に一言も口を利かなかったが、女は黙ったまま食卓の準備をし、男が帽子をハンガーにかけ、手を洗って食卓につくと、女はブリキのコップに新鮮な牛乳を注ぎ、口を開いた――娘が病気なの。男は片眉をあげ、女を見ただけで黙ったまま咀嚼《そしゃく》を続けていた。女は言った――まったく、いまいましい暑さね――そしてコンロのほうを向いてこう言った――明日にはよくなるみたいだけど――そしてこう言った――いまいましい暑さが。男はまたなにも言わずに、そのあとも皿から目を離さずに黙りこみ、兄についての考えに沈みこんでいったので、女もそのあとはなにも言わなかった。それから男は皿を押しやって席を立ち、隣室にいくと、そこでは娘が薄手のシーツの下に寝ていた。一瞬、戸口で立ちどまったが、娘が寝ていないのを見てとって寝台に近づき、蒼白な、憔悴しきった顔をまじまじと見つめ、黒い腕を伸ばして手のひらを娘の額に置き、かすかに唇を震わせて言った——熱はない——そして訊ねた——なにがあった？　娘は答えた——なにも——喉に嗚咽《おえつ》がこみあげてくるのを押し殺して言った——なにも——そしてこう付け加えた——頭が痛いの。男は手をどけて言った——寝ろ。娘はおとなしく、疲れきって瞳を閉じたが、男が出ていくとすぐに両目は開かれた。

それから、妻がいまいましい日が終わろうとしていることを神に感謝し、夜のとばりがすべての記憶を消し去ってくれるように祈っている夜更けに、兄がバスカーコフのところにやってきた。五分のあいだ、窓辺で向かい合って二人は静かに言葉を交わしていたが、兄はバスカーコフの妻を見て言った——娘はどうした？——そして抑揚のない声で訊ねた——なにかあったのか？　妻はこう答えた——なんでもありません、寝ていますの——そしてこう告げた——体の調子が悪いみたいで、なにも大げさなことはないんですけれど——そしてつけ加えた——明日はすっかりよくなりますわ。兄は妻をじっと見て言った——そうかね？——妻を見てもう一度訊ねた——そうかね？——そして言った——ならいいが。兄が扉を閉めるやいなや、妻はバスカーコフによそよそしく、生気のない声で訊ねた——なんで来たの、なんで？——そして低い声で、不審の色を浮かべて訊ねた——あの人はあなたになんて言ったの？　バスカーコフは言った――あいつは借用書の支払いを急がなくていいと言ったんだ、三年かけて払えばいいいと――そして陰気に言った――急いでいないとな。妻は男の上着の袖をつかみ、顔を覗きこみ、ほとんどささやき声で、痙攣しながら、喉にひっかかった空気を吐きだし、訊ねた――それ以外はなにも？――そしてもう一度訊ねた――それ以外はなにも？　男は言った――それ以外はなにも。

しばらくのあいだ、村人たちは、なにかが起こるのを待っていた――いや、というより、それが起こると確信したうえで、どう起こるのか待っていた。人々は期待を封じこめた円のなかをぶらついては、八月の灼熱の空気――大多数の人々にとって、その日曜日の唯一の糧となっていた――を飲みこんでいたが、まさに同じ日に、バスカーコフの隣人は、明らかにこの閉じた円を物理的な行動で破ろうとして、黒山羊を屠殺して皮を剝ぎ、肉から骨を引き剝がし、乾かしたのち麻袋にしまったので、隣人の妻が驚き憤慨して、なんだってそんなことをするのか、いったいなんのために山羊の骨がいるのか訊ねると、男は吐き捨てるように言った――あのならずものの墓に供えるんだよ――だが、全部やり終えてしまうと、男は期待を封じこめた円を破るのに結局失敗していたどころか、そこから出ることにすら失敗したと認めざるをえなかった。夜間の滾《たぎ》る闇に日曜が浸りきるにつれて、人々はますます、まだこの今日という日を夢みることができなかったのではないか、と自問するようになった――この日が夢でないとしたら、それは警告だ。だが、夜も更けたころ、高校教師は創作意欲をかかえた人間にとって職業病とも言うべき不眠症に苦しみ、いまわしい寝台から起きあがって、神経の昂ぶりを鎮めるためにバラ色のポートワインをコップに少しだけ注ぎいれ、窓辺に立って松林のあたりで光点が明滅しているのを見ていたが、はじめのうち給水塔の灯りだと決めこみ気にもとめなかったのが、その光点が少しずつ大きくなり、人が走るほどの速度で村の方角に向かっていることにじきに気がついた。発光する人体が描く軌跡のなかに、どこか見覚えがあるような、つい最近見たなにかがあるような感じがして、教師は戦慄しつつ、疾駆する女の姿の輪郭を識別しだしたが、ちらついていたのはすらっとした脚と腕であり、さらにはかき乱された髪の毛であることがわかり、そしてついに女の姿をした、光を発する亡霊《ファントム》が等身大で教師の家のすぐそばに浮かびあがったかと思うと消えていった――ちょうど、バスカーコフの娘が、汚れ、ぼろぼろになった服で白昼に浮かんで消えていったのと同じように。高校教師は窓敷居から手探りでマッチをとりあげると、震える手で火を点け、痛みに目を細めながら舌に押しあてて火を消して、目を覚ましたことをしかと確かめたが、ふたたび目を開けると、教師は相変わらず窓辺に立っていて、バラ色のポートワインが入ったコップが目の前にあり、手にはマッチが握られていて、舌は火傷を負い、口の中に硫黄の味が広がっていた。

　結局、朝になってはっきりしたのは、バスカーコフの妻と娘はなんとかして事件を男から隠しおおせたということで、そうしたのは男がすべてを知ったうえでなにもしないということが、二人の頭に浮かばなかったからだった。その朝、パール老人――死を体臭で欺き、積もる歳月の茨を若者じみた快活さでこじあけてきた、砂漠に自生する灌木のように背が低く、痩せて、干からびた老人

——は、円などという幾何学的な図形の不可侵性を信じないで、まっすぐにその中心に向かった。老人はバスカーコフが働く製材所におもむくと、暗い顔のまま表情も変えずに自分が知っていることをあらいざらいぶちまけ、答えを待たず村に引き返しかけると、製材鋸のそばでバスカーコフに昼食を運んできた娘とぶつかりそうになった。娘は父の微動だにしない暗い顔をちらりと見ただけで、他人にはうかがい知れないことを了解した——言葉に秘められた、かろうじて感知できるような灰色のニュアンス、木炭で描かれたしわのように黒ずんだ、顔に沈着した真理の埃。そして男は仕度をすませると、娘をほんの数秒見てこう言った——いいさ——さらに言った——いいさ——それから、山と積まれた板のあいだをゆっくり抜け、製材所のある敷地から立ち去った。

　男は丘を上へと——娘は父が丘を下る姿を想像できなかった——ゆっくり、リズミカルに暗い色のごわごわした草を踏みしめ歩んでいったが、男の一歩は直前の一歩の正確な再現であり、後頭部を娘が見るかぎり、男は前を見てはいたが、頭から上は見ておらず、まるで頭上にはなにも存在しないかのようで、なにか存在するとしたら低いところか、ごくまれに同じ高さのところしかないかのようだった。この太古からの、根絶しがたい、緩慢な動きには、この規則正しい、ひたむきな足どりには、どこかに辿りつきたいといった、あるいはなにかから遠ざかりたいというような願望や執着の影はまるでなかった。娘は思った——本当にこの歩みを止めることはできるのかしら、本当に男の出現と接近を防ぐことはできるのかしら。鋳鉄のような足裏でごわごわした草を地面に押しつけながら男は丘を登っていったが、その姿に娘は思った——その動作によって一瞬たりとも足を止めないまま、男はまったく同じように森を抜けていくこともできたはずだ——樹木をへし折るのではなく、自重で一本残らず殲《せん》滅すると言った方がいいその姿は、何十トンもある鋼鉄製の車両が、あたりに胸が張り裂けんばかりの呻り声を響かせて、脆い地面で空転しているというよりは、無音で稼働する一メートル半の物体に惑星の全質量を付与したかのようだった。

男が煉瓦工場の守衛所に着いたのは最初の交替の三十分前だったが、そのころにはすでに雨は降りはじめており、アカシアの花が咲いている下にひとり佇んで、つば広の帽子を目深にかぶり、黄色い麦藁を一本、無表情に噛みしめながら、守衛所の老朽化した扉に目の照準を合わせ、焦りも怒りもなく、期待すらないという様子で、疲れてアルコールを口にした労働者たちの最初のグループが軽口をたたきながらけだるげに工場から出ていくのを観察していた。労働者たちに注意を向けることなく、ひたすら同じように待ちつづけ、細雨が雨足を増していくなか守衛所を見つめていた——報復を誓った独りぼっちの報復者として。それは淡々とした終わりなき営為の延長、継続に過ぎず、その営為とは、男が最初の家の建築を企図したまさにその時に開始されたものであり、男が未成年だったころに選びとった鞏《きょう》固なる行動の延長線上にあり、その結果、罪を犯すはめになったが、男にはその罪もまた状況の論理的な帰結としか思われなかった——つまり自分の最初の自由が剝奪されたがゆえに、最初に建てた家も奪われたのだ。

そして、あの若者が守衛所を通って出てきた——日焼けで肌荒れした顔、長身で健康そうな体躯に、黄と白の褪色した軍用ジャケットを身に着け、なだらかに隆起した逞しい肩には肩章がむしりとられたカーキ色の跡があった――バスカーコフを認めるや否や若者の両手はいったんズボンのポケットにしまいこまれ、それから片手で長い葉巻をとり出して、へそのように小さい口にほうりこむと、もう片方の手でマッチを出してきた。火を点けるあいだ、守衛所の屋根の下に立っていたが、バスカーコフから顔をそむけると、雨の中を歩いていった。バスカーコフは姿勢を変えず、下唇に付着した藁を吐きださないまま怒鳴った――おい、貴様――言ったのはそれだけだった。それから踵《きびす》を返して、あたりを見ずに、足音を背後に聞きながら前進した。若者は歩きながら訊ねた――どこに行こうか？　バスカーコフは足を止めると、かすかに左側にうなずいて告げた――養鶏場の方へ。若者は訊ねた――それからどうする？――黒いフェルト帽の広いつばの下からこっちを窺っている空虚で無関心な瞳から、なんとか感情を読みとろうとして訊ねたのだが、それはあたかも鉄鋲のように冷たく頑なで、わずかな生命の煌《きら》めきどころか、その影すらも認められないので、もう一度訊ねたのだった――それからどうする？　バスカーコフは言った――それから、なにか新しいことがわかるんじゃないか――そして先に行ってしまった。濡れたイラクサやブタクサ、野花の鬱蒼とした茂みを穿《せん》孔していくようにして、二人は老朽化したテレビ塔のところまでやって来た――その塔は、砕けた煉瓦が散乱する、さして広くないほとんど正方形の空き地のわきに立っていたのだが、そこで若者は足をとめて言った――これ以上は行かない――そしてこう言った――養鶏所くんだりまで行く必要はないだろう、ここで話をつけようぜ――そして、爪先の方に体重をかけるようにして上体を前後に揺すりはじめ、ごく薄い微笑に浮かんだ小口径の穴のような口を引っぱって伸ばした若者が、ずっと考えていたのは、ここに自分たちは殴りあいをしに来たんだということで、ずっと頼みにしていたのは、自分の両腕と背筋が生みだす不撓《とう》不屈の膂力《りょりょく》であり、そういったことを念頭に置きながら、晩夏の時分にはよくある、涼気を運んでこないばかりか、すぐにむっとした湿っぽい蒸気に変わってしまう温《ぬる》い雨にうたれながら、上体を前後に揺すっていたのだ。上体を前後に揺すりながら、上から下までバスカーコフを眺めまわしている若者は、服の縫い目を引きちぎってしまいそうな己の筋肉の無慈悲な破壊の力をかろうじて抑えこみ、このつばの広いフェルト帽をかぶった、まったく動こうとしない小男なら触れずともその爆風で叩きのめしてやれそうな己の巨大な肉体の暴発を抑えこんでいた。若者が上体を揺するのをやめた瞬間、突然、耳をそばだたせずにはいられない、鍛え抜かれた固い指だけが出すことができる、かちゃりという鋭い音を聞きとったのだが、若者はそれが指のたてた音ではないことを知っていた——若者はそのかちゃりという音を聴覚で聞いたのではなかった——ワイン樽の木製の栓をぴたりと詰められてしまったかのような両耳とはまるで関係がなく、若者はこのかちゃりという音を、盲目の少年が薄明のなかで足音を聞きとったかのように、皮膚で聞きとったのだ——皮膚が内なる闇に通したその音は、堂々と浸透してきて、あたかも放射線物質のように、生体器官のあらゆる活動を麻痺させ、そして血液が内壁を磨いた狭い管を通って、電流より密かに死が走りぬけた。そのあと、若者が何分の一秒といったはざまに垣間見たのは、男の黒い拳に握られた十四センチの鉄片が雨をものともせずに輝くところだった。

＊　＊　＊

足元に柔らかい、従順と言ってもいい地面を感じながら、バスカーコフは雨音で満たされた松林をぬけて、村へと歩みをすすめた――長靴の爪先の下で、濡れた、鬱蒼とした草が口笛をたてるのに耳を傾けつつ、自分のことを考えていた。人々は男に、湖から二百メートルはなれたところで追いついた――そこは松の木ももうまばらなところだったが、樹木は相変わらず高くすらりと伸びていて、ただ全面に雨を浴びて濡れそぼっていた。男は村人たちと兄が一緒にいるのを見て、すべてを悟ったが、余計な動きは一切せず、暗く陰気な表情は、せわしく降る大粒の雨にうたれても相変わらず微動だにせず、亀の甲羅のように強張ったままで、あたかも変わることができないかのように、あたかも生まれたときから変わっていないかのように、毛筋ほどの変化も見られず、ただ太陽や時間や風にさらされて風化していくだけのようだった。人々は雨の中を、濡れた松の幹のあいだを縫うようにして男に駆けよったが、男は人々を認めるとこう考えた――いいさ――さらに考えた――これがつまり、おまえが俺を家からつまみだすやり口ってわけだ――さらに考えた――いいさ。男は知っていた――いま、一番重要なことは、妻に家を捨てるなと警告することであり、重要なことは、どんなことがあっても――男が最初に刑務所に入れられたとき妻は男を追ってきたが――家から出るなと妻に告げることだ。家が妻と娘だけになれば、借用書があっても手に入れることは難しくなる。なぜなら、法律は常に女子供の味方だからだ。そして男は考えた――なにをまず考える必要があるのか――そして男は考えた――俺が知る必要があったのは、あいつがすべてを計算に入れたうえで、自分とあの若造をつけてきていたということだ――男は考えた――兄は自分が若造を殺すことを知っていて、三匹の猟犬《セッター》を手元においておき、すぐに跡をつけさせたのだ、すぐに――男は考えた――いまや兄は妻に家から出ていくように告げ、妻は実際出ていくことだろう――兄はとくになんの話をする必要すらないはずだ、妻はまた今回も同じように出ていくのだから――俺が妻になんの話もしていなかったばかりに。男が若者を殺したという事実を、警官が疑っていないことは明白だった。彼らは男が若者を殺したかどうか訊ねもしなかった。柔らかい、従順な大地を足で感じながら、男は松の喬木のわきで二人の警官に挟まれ、若くて血色のいい警部補の前に立たされた。男は兄を見ずに、警部補の方を見た。警部補は言った――なにを見ているんだ？――警部補は銃を携行していた。男は警部補に言った――妻に会わなくてはなりません――そしてこう付け加えた――すぐにです。警部補は言った――だめだ。男は言った――妻に会わなくてはなりません。兄が言った――あとでな。警部補は言った――法廷で会えるさ。男はまったく感情をこめずに言った――今すぐ妻に会わなくてはならないのです。警部補は黙ったまま兄の方を見て、相変わらず抑揚のない口調で言った――こいつは人殺しだ。そして警部補は告げた――ほら、いくぞ――そして二人組の警官に合図すると、警官たちが男の腕の肘よりもやや上の方をとったが、男はその場を動こうとせず、警官たちにも男を動かすことができなかった。男の強張った顔をゆっくり雨の雫《しずく》がつたっていったが、歪んだ唇としゃくれた顎で堰《せき》とめられていた。男は警部補の肩ごしに兄を見た。そして冷たい唇をなめると言った――わかったよ、くそ野郎。警部補は兄を見て、それからバスカーコフを見た。わかったよ、くそ野郎――そうバスカーコフは兄を見つめて言った。それから、二人組の警官が、濡れた草の上を、男を連行していった。男は警官に挟まれて歩きながら言った――わかったよ、くそ野郎。

測量技師

一日の終わりに勘定を済ませることにしていた男は、集中して、念入りに、一匹に一コペイカを支払うことにしている屋内で死んだ蠅の数を数え、その計算が済むまで彼らも壁やドアや窓の汚れを拭き取らなかった。それから彼らは錆びついた古い缶を持ってきて、ジャガイモ屑から集めてきたコロラドハムシを同じように入念に計算してもらい、男は細枝を武器のように構えて、痩せた厳めしい顔を缶に近づけ、蒼ざめた唇を嚙みしめて、蟲《むし》どもの蠢きに視線を注ぎ、さらに入念に、集中して数を数えていたが、三度の戦争で研ぎ澄まされたあやまたぬ直感が一匹の虫を二度数えていると囁くときにはいつも冷や汗をかいた――というのも、死んだ蠅一匹につき一コペイカだったが、甲虫《ハムシ》は一匹につき二コペイカであり、なんとしても間違えるわけにはいかなかったからだ。それから彼らが甲虫にガソリンを注ぎ、しゃがみこんで火を点け、炎の揺らめく舌と黒煙を眺めているあいだ、男は少し離れて、いつも目が見えない猫の糞を埋めている梨の喬木《きょう》の下に立ち、まっすぐで太いステッキをついて沼の方に目をやったが、その実、甲虫が最後の一匹まで燃えてしまうのを注意深く観察していたのであり、それはこう思ってのことだった――奴らは今日捕まえた虫を、明日また俺の鼻下に突き出すこともできる、もちろん大金をせしめるためではなく、俺に臍《ほぞ》を噛ませるために――さらにこう思った――復讐するために――そしてこう思った――俺の誠実さに復讐するために。

しかし、男を毒している満たされることのない不遇感、家庭という主権国家で暴君として際限なく権力を揮《ふる》いたいという原初的欲求は、物質的豊かさの希求や、名声を求める血の疼《うず》き、孤独を求める意識の流れを凌駕し、不服従のごくわずかな火種さえ抑圧する極度に厳格なやり方も相まって、男の面前で嘘が芽生えることを実質的に排除していた。年長の孫も、年少の孫も、男に嘘を吐《つ》く愚をあえて犯さなかったが、それも男と騙しあいをすれば嘘の露見は免れないと考えただけで、彼らの心は濃密な恐怖で満たされてぐったりし、酸っぱく冷たいアルミワイヤーが敬意と憎悪で膨れあがった扁桃腺《へんとうせん》から口腔内に芽生えたかのように感じられるほど、撓《たゆ》まぬ実直さで舌が鍛接されてしまうのだった。男が死んだ蠅と捕獲した甲虫を数えていないときでさえ、彼らは男を欺くことはできず、それは自分の両腕に公正無私に算定させている自分の意識を欺けないのと同じことで、男が地球の反対側にいたとしても、彼らがコペイカをもらうためにする仕事はおしなべて男の全知全能の視線のもとでおこなわれ、その目は、まさに今男がパン屋にでかけているか、沼地の丈の高い草むらに潜んで鴨を狩っていると知っているときでさえ、彼らのことを片時も離れず付けまわし、あたかも彼ら自身の眼窩《か》の底に根をおろしてしまい、塀の継ぎ目や窓枠の十字の向こうから覗きこんでいるようであった。彼らが干し草の山を風が吹き散らさないように固く長い竿で補強していたとき、男の目が丈の低い黄色い花から三メートルの高さにある樹の葉の茂みから見ていたことがあったが、そのあいだ当の男はなくした腕時計を探して草地をうろついていたのだった。別のときなど、男が松林で婆さんが所望した松かさを拾い集めていることが確実な状況で、化粧室のドアの下から男の長靴の先端が覗きこんでいるのが見えたと誓って証言することすらできた。

男には十一人の子供がいた――二人の息子と九人の驚くほど美しい娘であり、ハリコフに婚外子が一人いると噂されていたが、本当のところはだれも知らなかった。上の娘二人――マリヤとオリガ――はほかの子供よりもずっと鮮明に戦争を記憶していたが、それも二人が当時すでに大きかったからだった。そのうえ、二人ともドイツ人によって拉致される女性の年齢に差し掛かっていた。だが、上の娘が女友達の助言に従い、自分のグループが軍用列車で出発させられる前に馬糞を喰って生家の冷やりとした薄暗い静寂に横たわり、三日三晩のあいだ死の淵をさまようことでなんとか逃れたのにたいし、二番目の娘は逃走しようとしてしくじって捕まり、ドイツ軍のトラックに載せられて埃っぽい巨大な軍用列車に送りこまれ、六昼夜を経てドイツに到着した――永遠に腰が抜けてしまった無数の十八歳の少女のひとりとして。オリガがドイツで過ごしたのは七か月と四日だった――その最後の夜に空襲にあい、右脚を吹き飛ばした爆弾の破片が左脚をもひどく傷つけ、急遽ロシアに送り返されたが、労働不能になり、ほかのみなと同じように手際のいい皿洗い婦として働くことさえできなくなってしまった。家で痛みの鞘がオリガの世界の切り離せない一部となったとき、傷口の壊疽《えそ》が始まり、ドイツで切断された右脚がハリコフでさらに十センチ切り詰められ、不潔な陸軍病院で四か月間、異国の香りを漂わせつつ死を待っているあいだ、時間が導火線のように素早く燃え尽きていくのを感じ、爆弾の破片が運命の柔い織物を引きちぎったときの胸を裂く眩《まばゆ》いあの瞬間——それはオリガにとって、以後永遠に出産の痛みにとってかわった——を繰り返し繰り返し体験していた。退院してからも長いあいだ家の壁はオリガの存在の境界になり、それを踏み越えることは想像するだに恐ろしいことになった——というのも、オリガの夢はほとんど現実のように狭苦しくなり、夢の中でおこる出来事も、ごくまれな例外を除いて、まったく同じ境界の域内でおこったからで、起きているときでさえ、オリガはそれを克服することを自らの目的として課すことができないほどだった。一方で、クライノフは次々に子供を授かり、その間隔は三年を超えなかった。その子供ら——妹たちと弟たち——と、子供らの子供らはのちにオリガから名前を奪い、自分たちが、自分たちだけが壁に囲まれた閉塞した彼女の人生に意味をもたらし、オリガを太古から続く使命、いや、おそらくはもっと大きなかにかに立ち返らせたのだという事実を、オリガの顔と瞳の中からあやまたず探りだし、遂にオリガは「子供らみなの母」と呼ばれるようになったのだった。

だが、子供らがみな五〇年代半ばまで生きのびたわけではなかった。六番目の娘が、ダークブルーの瞳をやっとのことで開き、このばかげた逆さまの世界——両親、兄と姉の不毛な影がするすると動いている——を垣間見て死ぬと、削りだされた石が墓場に四分の一だけ埋められて娘の名を与えられることになった。それから結核でクラヴジヤが死に、その後を追うように村一番の美女と名高かったアレクサンドラが死んだ。「子供らみなの母」は、父の娘の中で一番の美人は石に名前を譲った娘だと主張したが、だれもあえて言い争おうなどとはしなかった。

しかし、子供らの死を遥かに深刻に受けとめていたのはクライノフで、それというのも追悼の意とは無縁な男の嘆きには、身を喰い破らんばかりの反骨心が含まれていたからで、それは子供の誕生に指一本貸さなかった死なんてやつより、自分こそが子供にたいして強い権力を持っているという確信によって育まれていた。かつては自慢の一品だった、彫刻が施された古時計の下に腰かけて、全身をぴくつかせてしゃっくりをこらえながら、男はガラスのようになった古い飴玉を憎々しげにしゃぶり、首《こうべ》を垂れると、板張りの床を焦眉の視線で焦がして穴をあけ、猛り狂う眼差しを収斂させて武器と測深器を兼ねる赤熱したシャフトのように伸ばしていき、地中深くまで埋めこもうとしたが、その執拗なまでの熱意は、あたかも深奥の業火にまで達して地獄の窯の蓋をこじ開けようとでもしているかのようだった。男が子供らの中に見るのはただひとつ――そしてそれこそが男にとって最重要事項なのだが――己の肉の増幅であり、「私」の世界の増幅だけなのだった。そして、子供らの動きはすべからく、男の頭蓋骨という棺に納められている唯一無二な脳髄によって実現されるべきものなのだった。そして己への苛烈な妄信と、家族とは一心同体の器官《オルガニズム》でなくてはならぬという苛烈な狂信のただ中にあって男は、子供らの中にわずかな分別や、男の被造物という立場から独立しようという兆しが見られただけで激怒したが、それも男の多産主義が自分を強大たらしめ、より多くを支配せんという願望からきたものだったからだ。三人の子供の死が、男に狂おしいまでの絶望をもたらしたのは、子供らが死ぬことによって自分勝手に肉体を処分して、死という防御カプセルに閉じ籠ってしまったからであり、すでに生前から男から遠く、男の執拗な要求の手の届かないところにいたからだった。長年、男の夢の中では、死んだ子供らは巨大な水槽の分厚い透明ガラスの向こうにいる動きの鈍い悲しい魚の姿をとって姿をあらわした——魚たちは見通すことができない暗緑色の水の中を、養殖ものの水草と小さなこげ茶の巻貝に囲まれて、緩慢にあてもなく泳ぎつづけ、男の声はガラスを打つばかりで、子供らの軍隊に戻れという男の熾《し》烈な命令の炎も届かないのだった。夢から覚めると男は病と死に抱かれた人間は魚に似ているのだと、好んで口にしたが、だれも理解を示そうとしなかった。

とにかく、男は三人の子供を亡くした。だがその死は男にとっては、自身が他人にとっては死んだも同然で、忘れさられてしまったことを思い出したあの夜以来、長年予感し、待ちかまえていた喪失の始まりでしかなかった。子供らが成長するにつれ、家族という唯一なる器官は外界の大きさと力に比して絶望的に小さく脆《もろ》いということを悟った——その外界に子供らは自分の家族をつくって去っていき、新たに考案された自由という概念に溶けていったが、男のことを視界から外さず、手が届くほどの近所に住んでいたので、子供らは己の力に自信がなく、急遽必要になったときのために自分という盾が欲しいのだと男は解釈することで自尊心を満たしたのだった。明らかに子供らは避けがたい隷属を懸念して男と密な付き合いを避けるようになったが、子供らの小さな子供らはよく男の家を訪れ、「子供らみなの母」に飴玉やレモネードをあげ、婆さんに口づけし、用心深く男の目を覗きこんで、前に立って叱責か労《ねぎら》いの言葉をかけてもらうのを待ち、自分の両親が男の人生を挫き、個体間の差異という概念ぬきで――簿記の浅知恵で自然の複雑な叡智を勘定に入れずに――男が家族のために築きあげてきたシステムを破壊したことに無頓着だった。

一番下の二人の娘、エヴゲーニヤとマルガリータ――末娘は十五歳になったばかりだったが――を、男は街に送り出したのだが、それはちょうどそのとき男が、家族と共生可能な時間は過ぎ去ってとり返しがつかず、男がずっと支える役割を果たしてきた一種抽象的な構造は、人類の思想がおしなべてそうであるように、恒久的なものではないということを最終的に納得したからだった。娘たちはその日に出発して次の日には街に着き、男の従妹《いとこ》のゆるやかな監督下におかれることになったのだが、この従妹は口紅をさした体格のいい金髪女で、四角いがっちりした顎に、クローバーのように小さな耳をしており、二人の娘を街によこすよう男に勧めた人物なのだった。エヴゲーニヤはこの女に食堂のコックの手伝いの仕事を紹介され、マルガリータは保母として保育園に送りこまれ、そこでほんのしばらくのあいだ働き、十六歳になるとすぐに職を辞し、またしても例の父の従妹の紹介でうらぶれたレストランのウエイトレスになったものの、その六か月後には禿げかけている二十五歳の背の低い男と結婚したのだが、元炭鉱夫のその男は現在は女子寮の管理人をしており、その寮の四人部屋にマルガリータは最年少の住人となってしばらく暮らしていたのだ。男は毎日、みすぼらしくだらしのない格好で、髭も剃らない愚鈍そうな顔つきと、長年にわたる酒の飲みすぎで荒《すさ》みきった目つきでマルガリータの部屋を訪ねた。男からは安物の紙巻の強い煙草とつーんというきつい酒の匂いがしていた。男は椅子に腰かけ、擦りきれたフラシ天のジャンパーのポケットからマッチを探りだして足を組み、どんな女でも震えあがらせる裂けたどた靴をこれ見よがしにさらしつつ、そのまま一服して、すっかり気持ちが落ち着くと、酔っぱらいの譫言《うわごと》がいつのまにか自慢話に変わり、自慢話が酔っぱらいの譫言に変わるといった想像を絶するナンセンスをぶちはじめるのだった。要するに、この男の見た目は、病んだ想像力の持ち主にすら、男が少なからぬ知性を潜在的に携えているが頭の中に夜のように密かに隠しているのだ、という考えを起こさせはしなかったが、それにもかかわらず、男はクライノフの末娘を連れ去り、モスクワで子をもうけただけでなく、世界を股にかけ、書簡体小説のジャンルで桁外れの成功をおさめたので、余生を安楽に送ることができたのだった。

妻と片足の「子供らみなの母」とともに家に残されて、クライノフは自分を不当に降格させられた官吏のように感じていた。生の過程《プロセス》を理解しようという気もなく、客観性とは無縁で、傷つくことがあろうともけして敗北せず、男は自分自身の沽券《こけん》の恢《かい》復に専心した。傲慢と尊大を誇示しながら、抑制できない怒りの無尽蔵の蓄えに徐々に突きあたりながら、男は時折黙りこんだが、それはその束の間の静寂の間に男を侮辱するか憤慨させることのできるかすかな視線や行動ですら目ざとく見ぬくためでしかなかった。時折男はなにかの病気を装って長椅子に横になり、重苦しい呼吸と胸が張り裂けそうな呻きで部屋を満たしては、冷たい意地悪そうな目をなかば閉じながらも、眼光鋭く女どもをひたすら監視し、男の重篤な容態を見て、いい気味だという喜びを表情に浮かべないかどうか、その悲しみと同情の表情を浮かべようとしているまま、吏心よりあらわしているか、見極めようとした。

そのうち、男は他人から距離をとるようになったが、それは老齢への、ほとんど気づかれないが避けることもまたできない、段階的な撤退になぞらえることもできた——老いというその世界では、過去が豊かで未来が乏しい人々が、引き取り手のない写実的な肖像画に似てくるのだった。だが、男がこの世界に足を踏み入れたとき、矜持《きょう》が揮発油のように気化して全身に充塡されており、相矛盾する願望と本能がまだ絡みあっていて、肉体と精神はいまだますます壮健そのものだったので、男は蛇獲りを思わせる電光石火の反応で、方々に這いだしていた思惟を脳髄の巣に持ち帰り、終わりの日までその偉大なる記憶の制御《コントロール》を堅持しようと固く決意した。内向的な性格に豹変し、己の内なる力と自信を引きだして、老人らしからぬ几帳面さで外見に気をつかいだし、毎日首筋と頬を剃りあげ、白髪の美しい顎鬚《ひげ》と丁寧に手入れした口ひげを整えた。朝、男が食卓についてカップに紅茶をいれ、アルミ皿に入った水の中で泳いでいるバターの塊をいつもの分だけ食べていると、念入りにとかされた白髪からはオーデコロンの香りがし、ぴかぴかになるまで磨きあげたブーツからは靴墨の匂いがぷんとした。

率直に言えば、男はけして隠遁者というわけではなく、他人よりも幾分孤立した生活を送っているにすぎなかった。かつて男が家畜の買いつけ人として働いていたころ、広く頻繁に他人と交わり、住民たちから牛、豚、羊を買いとって販売し、めったに面倒な言い争いには介入しなかったが、測量技師になると、その寡黙さ、仕事にたいする極めて正統的なアプローチ、偏執狂の老人じみた実直さですでにして際だっていた。ところが、その職業上の美質は、男が家庭に戻ったとたん、微塵もなくなってしまった——家庭とは、男が構想したマイクロ国家の閉鎖空間であり、その中では塵《ちり》芥《あくた》に至るまで男に服従を誓い、その中ではエタノールが布きれに浸透するのと同じくらい速やかに偽善と強欲が男の意識に染みわたり、その中では民衆の反乱などというものは物質の反乱以上にばかげた概念だった。その中で男は、体を動かすのが大儀になりつつある妻と片足の娘を管理しており、その水も漏らさぬ厳密な徹底ぶりはアニメの原画製作者を思わせたが、その仕事を男が究極の忍耐心と見なすようになったのは、学校休みに訪ねてきた孫が人間の絵を走っているように見せる方法を説明してくれて以来だった——この家で男は国家的陰謀の目覚ましい成果に立脚し、大悪党どもの例に執拗に倣《なら》いながら、女たちの間にやさしさの兆しが認められるようなことがあれば、虚偽の中傷をお互いの耳に吹き込んで、ただちに母と片足の娘を反目させたのだが、それはやさしさが女たちの団結につながりかねないという男の理屈に拠るものだった。男が息子の片方を誹謗するときはきまって兄弟のうち片方が母を助けてその評価を看過できないほど高めた場合であり、それはとりもなおさず男のことを見くびらせ、行動を妨害することになるからだった。外野からの助言は一切排除し、外界からの干渉に耳を貸さない男は、自分以上に帝王学に精通したものはおらず、あらゆる実験がすでに為されてしまったがゆえ、この分野では新発見など見こめないと考えていた。

囲繞《いにょう》された人間の警戒心で自分の領地を警備し、血を分けた子供ら（ただ孫だけは例外で、自分の仲間にひきいれようとする試みはそれなりの成果をあげた）にも、余所者にも等しく近寄りがたい態度を崩さなかったが、それというのも余所者の悪意に満ちた舌は尽きることがない流言飛語を生み、男の評判を損ないかねないからであり、男はずっと自分自身にこう言い聞かせてきたのだ――評判は毀《き》損されるべきではないが、すでに地に落ちているのなら、どうにでもしやがれ、と。男が耳にはさんだ噂に、母と「子供らみなの母」を冬に石炭のないところにおいておきたくないと思った二人の息子が、男自身がそんなことにかかずらう気はないと知っていたので、どちらが石炭を運んでいくのかをめぐって、かつてのようにカードを引いたりコインを投げたりなんてことはもうしたくなかったせいで、激しい言い争いに発展したという話があった。兄弟は最後の接見の様子をありありと思い出すことができた――二人は男の前に立って、敷地内に給水栓を作ってもいいかお伺いをたてたのだが、その理由は「子供らみなの母」が片足で井戸に歩いていくのは桶が空でさえきついのに、水で一杯にして戻ってくるとなると語るべくもなかったからだ。男は即座に却下したが、根拠といえばそのために敷地やさらには庭まであちこち掘りかえさなくてはならないから、というものだった。こちらを最大限傷つけ憤慨させようとする残酷な好奇心に満ちた目つきで、男が厭《いと》わしげに話した内容から息子たちにわかったのは、給水栓がもし庭の真ん中に突きたてられ稼働するようなら、基本的にそれに反対する気はないということだった。給水のため地下にパイプを通すことについては、はなから話にならなかった。息子の一人が、われわれが地面に管を敷設します、と言うと、男は馬鹿にしたように、俺が躓《つまず》くだろうが、と答えた。だが、男が子供らにも伏せたままにしておきたかった理由がもうひとつあった――内心認めざるをえなかったのは、自分が息子らによる最初の提案を却下したのは、それが自分がとうの昔に片付けておくべき事柄だったせいだということだった。男の耳に入った噂は、男が子供らとの関係を完全に絶つ前に例外なく子供らにひとりひとりに借金があったらしいと、村人が噂しあっているというものだった。男は婆さんに話しかけた――聞いたか？――そしてこう言った――俺はあのガキどもに借りがあるんだとさ。婆さんは男に言った――だけど本当のことじゃない、お父さん。現にあるじゃないですか。だが、男は見事に整えられた白い口髭に残酷な笑みを浮かべるとこう口にした――言わせとけ――それからおもむろに言葉に怒りを滲ませた――もし俺が奴らから借りを返してもらおうって気になれば、奴らは自分のくだらん人生を返さなきゃならんだろうさ！――そしてこう言った――皮と内臓ごとな！　そして己を顧みて思った。俺は母になにか借りがあるのか？　そして考えた――樹が落ちた自分の枝になにかくだらんものを、散った自分の葉になにかばかげたものを負っているのか知りたいもんだな！

物質的財産を蓄積するプロセスに、クライノフはとっくに興味を失っていた。男は家で何も購《あがな》わなかったし、服も靴も死ぬまでに必要な分はあるという理由で、衣服にこれ以上費やすこともなかった。異を唱えようとした妻を、声を荒げて一喝した――黙れ！――そして言った。テレビだってあるんだぞ！　そして、己の愛情、やさしさ、嫉妬の一切合切を残らずルーブリ紙幣に注ぎこんでいた男は、不動産にすら我慢ならず、寝台や机、椅子なしでは生きられんと思いなおして、それをしぶしぶ利用するだけで、大事なものはもう持っているという信念のもとに、金と違って所有物の数を数えず、増やそうともしなかった。男はマスケット銃を所持しており、年に一度、銃を見るたびに怒り狂ったが、それはとりもなおさず、銃のせいで五ルーブリの税を納めなくてはならないまさにその日だった。夜、鉱石ラジオを禁止放送の周波数に合わせ、しゅーっというかすかな雑音に耽《ふけ》りながら、男は讃美歌に耳を傾けた。男のところには、かつて分娩の際に妊婦の血を吸ったこともある垢まみれの古ぼけた長椅子があり、その上ですっかり手足を伸ばした男は安らかな気持ちになれたが、それも長椅子の上張りのスリットの中にぴたりと三パーセントの国債の証券がしまいこまれ、男がその上に寝ているかぎり、どこにも持ちだされないからだった。薬局を思わせる白に塗装された、ひびが入った食器棚、その引き出しの大小に男は手あたり次第に物品を隠しており、たとえば、ずっと前に「子供らみなの母」から没収したカラスムギのビスケットは手に染みついた重油をこそげとる以外にはおそらく役に立たないであろう軽石に似ており、やはり取りあげた黄色いカラメルは年を経て菓子細工からセラミック細工に変質していた。酸化し、発酵しはじめた昨年のレモネードが入った瓶も何本かあったが、これは「子供らみなの母」から取りあげ、一種犠牲的な精神から保存しておいたもので、もし父と母が同日に死に、なにも飲み食いするものがない場合、「子供らみなの母」のために備えてあるのだった。贈り主がドアの向こうに消えたとたんに、男は「子供らみなの母」から贈り物を取りあげながらこう言うのだった――俺がいるおかげだってことを忘れるなよ！　そしてこう考えた――いったいなんだってこいつに飴玉やビスケットなんかが要るんだろう、俺がまだ生きて、養ってやってるのに？　その食器棚には、表面に細工が施された高価なグラスに、モスクワから時折送られてくる輸入もののビールの空瓶（送り主は下から二番目の娘の夫で、人間の絵を走っているように見せる方法を教えてくれたのはその息子）、フィンランド産プロセスチーズのプラスチック容器から引っぺがした、新年のヨールカ祭りの際には飾りとして流用される女性の顔のラベルもしまわれていた。そして、部屋には腐敗臭がただよってくる一角があり、子供たちはそこに男が金を貯めこんでいると睨んでいたが、それもその一角がずいぶん前にイコンを掛ける至聖所と定められたのにもかかわらず、男の瞳の中に禁忌の激しい炎が燃えているのを危ぶんで、長年誰も床を掃かず、天井の蜘蛛の巣も除去せず、壁の黄ばみを漂白しようともしなかったからだった。だが、白昼の光のもとでは比較的平穏に保たれていた、貯めこんだ金の命運をめぐる精神状態は、夜の訪れとともに掻き乱されることもしばしばだった――警戒心から激しいパニックになって目を覚ますと、暗い中で顔を爛々と輝かせて寝台から跳びあがり、七十歳という年齢からは想像できないような、強靭かつ強力なばねの一突きで、椅子から跳びあがって壁際に立ち、剝がれ落ちた漆喰と釘もろとも銃をひっつかみ、至聖所の方を向いて、狂気に震える声で、家を満たす黒い静寂を裂いて叫んだ。でていけ！　でていけ！　疫病神め！　殺してやる！　悪党ども！　でていけって言ってるんだ！――こうして婆さんが灯りをつけ、至聖所に誰もいないと納得するまで叫びつづけたあと、男は厳かに、銃ベルトが引き抜いてしまった釘を壁に打ちこみなおし、そこに銃を掛けると、黙って横臥し、眠った。

夜におこる憤怒の発作は常に予測不能だったが、年に一度、九月二十八日の前夜は、厳格な周期性に基づいて燃えあがるよう定められており、それというのも九月二十八日には、年会費をむしりとるために猟友会の連中が中心街からやってくるからであり、連中の前に立った男は、眠れぬ夜のせいで土気色になった顔色をして、固めた拳に五ルーブリを握りしめ、自分を苦しめているただひとつの疑問を毎年問うたが、連中は動じずに説明した――地方の役人、地区や連邦の組合の維持費のため……。男が、そんな悪党どもはくたばればいいんだ、と言うと、連中はさらに説明した――宣伝費や、会誌『猟師』の発行のためなんですよ。男は不気味な目つきで連中を睨《にら》みつけて言った――そんな雑誌なんて見たことがないぞ――さらに言った――俺になんの関係があるっていうんだ――それから言った――つまり、無料《ただ》でもらえないとおかしいじゃないか、なんで持ってこないんだ？　連中は男に言った――購読料はまた別なんだ。男は怒鳴った――くそったれども、払ってるじゃないか！　俺は毎年払ってるじゃないか！　連中は言った――あなたは払っていません。男は言った――じゃあ、なんでおまえらは俺のところに来るんだ？　連中は言った――銃を没収するためです。男は言った――この盗人どもめ、銃じゃなくて――そして、こう続けた――この五ルーブリ貨が喉に詰まっちまえばいいんだ――そして言った――おまえらは自分では払ってないんじゃないか。連中が黙って男の鼻先に会費納入書を突きつけて立ち去りかけると、男は背後からどなりつけた――いったいその役人とやらはいくらもらってるんだ、そいつらのお袋を……。そして怒鳴った——待てよ、いったいそいつらはいくらもらってるんだ？

七十四歳になったとき、一九六二年に購入した利率三パーセントの国債が、二十年の支払い期間を満了したので、男は通例、夏は六時、冬は七時だった起床時間を、その年の一月一日から十二月三十一日まで毎朝四時に変更し、新聞が届くまでの早朝しか食事を採らず、通りに面した窓辺に座って新聞を待ち、配達夫が少しでも見えると近づいてくるのを目で追い、椅子から腰を浮かし、配達夫の頭がこちらのほうに向くや、今にも窓から跳びだせる体勢で、ひび割れた唇をいらいらと小刻みに震わし、擦りきれたカーテンの隙間から息を殺して覗いていたが、十分遠くに行ってしまったことを確信すると、婆さんを無視したままそっと家を出て、すり減ったブーツで音もなく雪上を歩き、殺人犯のように神経を張りつめたまま油断なく木戸を開け、塀の外側に打ち付けてある郵便受けに手を突っこんで新聞を取りだし、救いがたい苛立ち生む余計な音を一切たてぬよう、開けたときと同じだけ用心して木戸を閉め、それから大急ぎで家に飛んで戻り、床を濡らしながら寝台に腰をおろし、眼鏡をかけ、隅から隅まで新聞に目を通しつつ、活字にあまりに重要な、多義的な、深遠な意味を付与していったので、最後まで読みおわって国債の払い戻し率への言及がまったく見つからないと、数時間じっと座ったまま、温度と質量を失った灰や瓦礫が巻きあげるもうもうたる塵埃《じんあい》に埋もれ、石とコンクリート板の代わりに、焦爛《しょうらん》した砂の儚《はかな》い粒子で、朝四時から築きあげてきた「正義」の大伽藍の崩壊というカタストロフの幻影に飲まれてしまっていたが、翌日には、すべてが厳密な連続性を保ちながら、一から繰り返されるのだった。しばらくして、年の終わりにまたもや新聞に国債の払い戻し率が見つからなかったとき、男は突然、まったく不意に、自分の中に国家と連邦への揺るぎない一途な信仰があることに気づいたが、反面、個々人への不信は完全に手つかずのまま残されており、それは、個人はかならず嘘を吐《つ》き、自身を正当化するが、共同体は嘘を吐けないという確固たる信念からだった。そして男はこう考えた――二人ででたらめを言うのは一人ででたらめを言うよりも難しい――さらにこう考えた――三人ではまったく不可能だ――だが、そのあとで、すべてをあべこべに解する己の習慣に基づいて、こう考えた――なにしろ、二十年後にこのいまいましい債券どおりに金を払うと約束したのは、一人のろくでなしというわけではないし、なにしろ、やつら全員が約束したわけだ、全員一緒に。毎日、男は百科事典からの抜書き（ずっと前に、経年劣化して黄ばんだ分厚い帳面に書きとっていた）を読んでいたがそこには他人の名前や土地の区画（かつてその土地をめぐる論争を自分の裁量で解決したことがあったのだ）について記入してあり、健康にいい煎じ薬の処方や野草の名前が記入してあったが、次のようにも記入されていた――「借しつけとは民法に基づいておこなわれる契約であり、一方（債権者）からもう一方（債務者）へ現金か、数量・重量・寸法などの特徴・属性によって定められた物品（例、穀物）の所有権を譲渡することを法的に定めるものであるが、債務者は同額の金銭か同種・同品質の物品を同量返却する義務を負う」、加えて、こうも記入してあった――「国債《オブリガーツィヤ》（ラテン語の『拘束すること』から）は、無記名の有価証券の一種であり、その所有者に年ごとに一定の歩合の収入を受領する権利を授ける（クーポンでの支払いか、配当金の形をとる）。国債は発行時に定められた借入期間の間に償却されなくてはならない」

翌年の一月三日、男は中心街まで青みがかった深い新雪の上を歩いていったが、空手で帰ってこざるをえず、それというのも銀行窓口が言うように——男自身もすでに知っていたことだが——国債の払い戻し率なしには払い戻しができないせいだった。男は訊ねた——いつ支払うつもりなんだ？——男に必要だったのは、そのときまで生きのびるという目標にするための、新規に設定された期間であり、一人の人間ではなく、男に信じさせてくれるにたる千人の人間による、男に「この日付まで生きのびれば、自分の金を受けとれますよ」と請け負ってくれるような新規の約束だった——それさえあれば、男はなにがなんでもその日付まで生きのびるだろう。だが、男が告げられたのはこの言葉だった——わかりません。男は訊ねた——いつわかるんだ？　男は言われた——もしかして、耳が遠いのですか？——そしてこう言われた——わかりません。男は訊ねた——もし俺がくたばったら？　男は言われた——お子さんが受けとることになります——そしてこう言われた——この債券は無記名ですから。しばらくの間、男は黙って彼らを見つめていたが、それから自分の胸を焦げ茶色の切り株のように強張った指で指し、言った——それを受けとるのは俺だ——そして言った——俺だ——それから言った——その金をどうするのか知っているのは俺で、奴らは金輪際知らんのだからな——そして言った——あんたみたいな馬鹿女と変わらんのに、奴らが受けとるなんて！　正気か？　だが、もうなにも言われなかった。家に帰る道すがら、新雪に足をとられ、自分の意思と言動の無意味さ、自分の苛立ちの無意味さに打ちのめされ、男は思った——主よ！——そして、歯を食いしばってこう思った——主よ！——男が思い出したのは、十五年前、マットレスを揺すろうとした際に、偶然床に債権を落としてしまい、踏みつけてしまった婆さんをなんとかしてひっつかまえて殴ろうと、怒りに震え、拳に自転車のチューブを二重に巻きつけて追いまわしたときのことだった。そして、男は思った——主よ、主よ！——男が思い出したのは、若い看護婦たちに苦しめられたときのこと——注射をしにやってきて、入院しなくてはなりませんだの、家にいると腐ってしまいますよだの、私たちがいま車で連れていってあげますだの言いたてたときのことだった。だが、男は国家が返済をおこなう日——「借金の償却の日」を予感して生きており、内なる信仰心はすでに器官の組織の隅々まで浸透しており、欺瞞の稜堡《りょうほ》を粉砕し、体にまわった毒を中和し、忍び寄る死を後退せしめる力を持っており、男が至った確信は——すでに血と不可分に結びつき、構成要素のひとつにさえなったこの信仰は、男を二十年間見捨てず、これからも嘘になることはありえないというものだったが、そこで男は怒鳴り声をあげた——くそったれ！——さらに怒鳴った——病院になんか行ったら俺がくそったれになっちまう！　正気か？——さらに怒鳴った——ここからとっとと失せろ、悪党ども！　それから看護婦たちが注射器やらアンプルやらを鞄にしまって帰ってしまうと、男は細めた目の奥から燃えさかる瞳で婆さんを見つめて、怒鳴った——俺が病院に行けば、おまえはすぐ飛んでいってマットレスの下を探る、そうだな？——そして己の先見の明にご満悦といった風情で怒鳴った——そうだな？——怒鳴った——くそったれども、病院には行かんぞ！　だが、こうした記憶はみな後景に退いていき、ただそのうちのひとつが、あの日から付きまとうようになって念頭を去らず、意識から信仰を締めだして、「借金の償却の日」にとってかわり、その場所をがっちりと占有するようになった。そして目が眩むほどまばゆい雪の上を歩いて家に帰る道すがら、男は思ったのだった――主よ、主よ、主よ！――男が思い出したのは、三年前の秋、闇夜に隣家の中を、蠟燭もランタンも持たずに、フェノールの不吉な匂いが染みこんだ角や壁にぶつかりながらうろついたことであり、そのときは箪笥《たんす》や机、寝台から引き出しまで未償却の債権を探しまわり、ときに空の容器や、年代物の埃っぽいガラクタを見つけたが、その家の居間の真ん中に置かれたテーブルの上には、前日に死んだ主人――男にとって唯一の友人――を収める棺が立っており、本能的に国家を正当化し、自分の忠誠心を表明しようとする心の動きにしたがって、男は闇の中で呟いた――悪いのは生きのびなかったおまえのほうなんだぞ――さらに呟いた――国はなんの責任もないさ、支払い期限の満了はまだ先なんだからな――さらにこう呟いた――おまえは二十年後に償却すると言われたんだっけな、でもおまえは生きのびられなかったんだから、恨むなら自分を恨むんだな。だが、心の奥底で男にわかっていたのは、国家は地震と同じく正当化は不要だということで、それも国家とは人間の生活とは無縁で、ただ自然の力のようなものでしかなく、もし国家が壊滅し、死滅し、腐敗することがあれば、それは日蝕のような、落石のような、満月のような、雨のようなものなのだ。そして男は思った――俺には口実がいる――そしてこう思った――だが、俺にはそれがある。そして男は闇の中で早口で言った――俺がやることはすべて正しい、俺こそがおまえに記憶を返してやったんだ、その債券はおまえが死ななかったとしても、俺のものになっただろう——あの夜、一緒に道を歩いていて、俺が先にトウモロコシ畑に狐火が浮かんでいるのを見つけ、すぐおまえに指でさし、嗅ぎつけられたから、あいつが松林の方に行ってしまうまで身動きするなと告げた——奴らはみな針葉の中から出てきたし、あそこで消えちまうだろうさ、と——だが、おまえはまったく俺の話を聞かずに、一目散に逃げだし、奴はおまえに追いついた——奴がお前に触れずに、たんにおまえの上に浮かんだだけだったのはまだよかったんだ。おまえが倒れたのは、ただ距離が縮まったせいだったが、おまえが自分の舌を飲みこんでしまったので、それを引っぱりだしてやったのはまさにこの俺で、俺はおまえに思い出させた——俺なしではおまえは自分の家さえ見つけられなかった、なぜならみんな忘れちまってたからだ——もちろん、俺はおまえに債券のことを思い出させないこともできたんだが、俺は思い出させてやった——それで、俺はいまいったいなにをすべきで、どこを捜すべきなんだ？　家捜しできる夜が一晩あったのだが、それも地球の裏側で生存している故人の唯一の親戚に、電報を送る必要はないと男が周囲に説得したお蔭だった。男は彼らに言った——親戚の女一人、来なくてもかまやしないさ——そしてこう言った——奴は俺の友人だった、この俺のな。そうだな？——そして言った——俺が奴を弔う——そして——おまえらは俺を手伝えばいい——だが、内心こう考えていた——俺には一晩しか、一晩だけしかない。恐怖は男の骨を——骨髄の迷宮に閉じ込められた水銀のように——内側から軟化させたが、秋の星々の冷徹な憤怒によって荷電された男は、自分の欲望というよりは、超自然的で高次の義務感に突き動かされて、偏執狂的な辛抱強さで方々を探しまわり、あてずっぽうに大小の扉を開け、引き出しを引っぱりだし、服を積みあげ、長持を引っ掻きまわし、ナフタリン臭い埃を嗅ぎまわり、この世のならざる物質やフェノールの匂い、真新しいベニヤや木タールの匂いによって産まれた亡霊のような人影の合間を抜けて闇を歩いていったが、それももし今日中に債券が見つからなければ、明日はもう家捜しを続けることはできない、なぜなら葬式のあとで家は村ソヴィエトの所有になってしまい、それから新しい所有者のものになってしまうと、男は知っていたからだった。結局、男は見つけることはできなかった。いまこうして、家に帰る道すがら、新雪に足をとられ、そのまばゆい白さに目がくらんで、男は思った――主よ！――そしてこう思った――あの馬鹿が死ぬ前に便所に釘で債券を留めておき、新しい家主がよく見ずにそれで尻をふいたあとではじめて見つけるなんてことはだれにもわかるまいよ――そして男は思い出しながら、こう思った――主よ、主よ！

帰宅したとき外見こそ変わっていたが、男の足どり、首をまわす所作、神のように遍在して監視する目が周囲を睥睨《へいげい》する瞬きに、かつての悪習の熾火《おき》を見てとった人々が明察したのは、以前と寸分変わらぬ男の内面は、事が起こってしまったいまとなっては、いずれ爆轟とともに瞬間的に燃え尽きてしまうのはまず間違いないにしても、蠟の下に眠る蠟燭の芯のようにいまだ燻《くすぶ》っているということで、それというのも男の存在の不屈の核とでも言うべきものは、いまや汚瀆《おとく》されてしまった信仰にほかならないからなのだった。

男はもはや巨大な国家というものを信じていなかったが、しかし国家は依然として、小さなものに男が帰依することを妨げてはおらず、それを証明する事例としてあげられるのが、一層頻度を増した男による狂気の沙汰が、自分より三歳若い婆さん——彼女には、老いに刃向かって男の魂を生育し、涵養したあの悪意の塊の、わずかな欠片《かけら》すら備わっていなかった——を最終的に破壊してしまった件だった。男に十一人の子を産んでやった婆さんは、重労働による肉体的疲弊とともに根深くなった婦人病の果てに、もう五、六年ものあいだ、常態化した激痛のさしこみに苦しめられて座ることも寝ることもできなくなり、ただずっと動きつづけているはめになってしまった。加えて、急速に進行する老人性認知症に蝕まれており、他人の顔は覚えても名前は覚えられず、実は覚えても樹は覚えられず、数字は覚えてもその機能は覚えられず、日付は覚えても行事は覚えられなかった。そして恐慌を引き起こすほどの医者嫌いのせいで、無意識に染みついた習慣にしたがって肉体を呑みこむ苦痛を隠そうしながら、婆さんはしっかりした支えを探して、世界をぐらぐらする不安定な物体に変えてしまうテンポで動いたので、その間に婆さんの古い血液は瓦解していく記憶の演算単位《ビット》を脳から運びだしてしまい、記憶は無数の毛細血管の中で雲散霧消したので、いつしか婆さんは皮膚で物事を記憶する能力を得ていた。なにごとも自分のためにされること拒み、肉を巻きこんだまま硬化してしまって歩行を妨げていた足の爪を、下から二番目の娘がモスクワから帰ってきて、ほとんど力づくで剪《せん》定用の鋏で切ってしまうまでは、婆さんは足の指の激しい痛みのせいで、理性を失う寸前まで追いこまれていた。だが、すぐに、たえまない動きと不眠症が、ほかのすべてを押し流してしまった——永遠に引き延ばされた己の存在以外のすべてを。

数日間というもの、クライノフの胸には疑念と、かつてほとんど起こったことがないような出来事へのおぼろげな予感が訪れていた。その日々を、男はいつも以上に頻繁に、ガラスを嵌めたイコンを掛けた部屋の一角に座りこんで過ごすようになり、後頭部で蜘蛛の巣の感触と壁の存在を感じ、明るい色の背の高い丈夫な木柵に背中をもたせかけていたが、その上には、手紙や写真、電報に加えて、身元確認や火器の所持のために個人が通過し、習得し、取得しなくてはならないすべての重要文書がはいった手箱が三つ積みあげられていた。同様に、権威ととり交わしたが不履行になった契約書を納めた菓子箱や、糸や針、ずいぶん前にとれてしまったボタンとともに勲章の類をしまうキャンディの缶も積まれていた。時々、男は婆さんのことを思い出したが、妻は永遠に引き延ばされた己の存在に埋没しつつ、座ったり横になったりすることもできないまま、壁を支えにしながら、家の中を緩慢に歩きまわっていて、常に男の視野のどこかにいるその姿は、まるで男自身の睫毛、脚の一部分であるかのようだった。そして、男はこう思った——他人のことを思えば、彼らはいつも見えるようになるが、もし思わなければ、いないも同然だ。男は「子供らみなの母」の木製の義足が床を叩く音を聞いて思った——耳を傾ければあの音は聞こえるが、心音や脈拍のように、忘れさることもでき、その瞬間音は消えうせたかのようになる。時々男は頭をあげ、三方の壁にかかった子供らの肖像画の方を向いて、今日ではなくとも明日にでも、すべてを彼らが遂行すると確信して、明瞭な命令を鋭い声で発したが、二度同じ命令を繰り返してしまうこともあり、恥ずかしくなった。命令の合間に男は肖像画に語りかけた――支柱がすっかり崩れさっても俺たちは生きのびるし、地球の崩壊だけが最終的な死を意味する――でも、それでも生きのびる奴はいるだろう――そして、こう言った――だが、それは俺たちじゃない――別の種族だ。

国債の支払い期間満了の翌年、男が猟友会の会費を納入しなかったとき、だれも驚かなかったが、驚いたのは、そのあとなにも起こらず、だれも武器の没収に来なかったことだった。男は以前にも増して沈黙と疎外の蠟で己を塗り固めていった。連中はやっと一年後の九月二十八日になって、抗議の第一声を聞くやいなや男の鼻先に突きつけられるように会員証を携えてやって来たので、「子供らみなの母」が男は家にいないと告げるために外に出てきたが、男は壁から銃をとるとしばし窓辺に立ち、それから打ち捨てられた至聖所から五ルーブリをとって強張った指でチェックのシャツの胸ポケットに突っこんで、考える時間を稼げるようゆっくりと歩み寄っていったが、自分がなにを繰り出すのか自分でもわからず、最後の一歩までわからないままで、それから自分の両腕自身が選ばなければならないという考えに至り、ついに連中の前に立ったとき、眼差しは遠くの松林を見つめたまま、男の両腕は震えることなく、ゆっくりと連中に銃を差し伸べた。

訳者あとがき

「謎の作家」

ここに訳出したのは、ドミトリイ・バーキン『出身国』Страна происхождения（リンブス社、一九九六年）の全訳である。この作品集は一九九六年のアンチブッカー賞（外資によるロシア・ブッカー賞に対抗して創設された賞。本家より一ドルだけ高い賞金が話題を呼んだ。現在は廃止）を受賞した。

バーキンの作品がまとまった形で邦訳出版されるのは今回が初めてとなる。といっても、バーキンの著作は現在まで、本国ロシアでも実質一冊しか出版されていないから、この本が最後の邦訳になる可能性もある。バーキンはその名声がもっとも高まったときでさえ、神秘のヴェールに包まれていた「謎の作家」だ。極端な寡作であるだけでなく、メディアに出ないどころか、顔写真の類も見ることができない。

バーキンの「伝説」を決定的にしたのは、アンチブッカー賞の授賞式での出来事だった。作家や評論家に絶賛された小説部門の受賞者は、メディアとプレゼンターであるミハイル・ゴルバチョフが待ちうける会場に姿をあらわすことはなかった。かわってあらわれたのは受賞者の妻らしき人物だけで、

『出身国』

『鎖』アガニョーク　1991年

それも好奇の目にさらされることを避けるためか、賞がもたらす名誉や、それを授ける権威に興味がないのか、あるいはその両方か、賞金を受けとるとそそくさと会場をあとにしてしまったのだった。受賞者のこうした振るまいが、逆に「謎の作家」への興味をかきたてたことは言うまでもない。このエピソードはなかば伝説化して、語り継がれている。

　バーキンについて、いくつかのインタヴューや、文学事典の類で知れる情報を総合すると、経歴は次のようになる。

　一九六四年ドネツク州（現ウクライナ）生まれ。七歳の時にモスクワに転居。公立学校を出たあと、医療系の大学に進むが、すぐに予備役に編入される。そのあいだも作品を書きためていたようだ。ペレストロイカ期の一九八九年、雑誌『灯火《アガニョーク》』に本書にも収録された短編「兎眼」を発表してデビューした。その後も『十月《オクチャブリ》』などに継続的に短編を発表。一九九一年には雑誌『灯火』の付録の小冊子『鎖』（「葉」「根と的」「出身国」の三篇を収録）も発行された。

　バーキンは専業作家ではない。生活費を稼ぐために普段はトラック運転手として勤め、その空き時間を執筆にあてている。ロシアにはほかにもヴィクトル・ペレーヴィンのように、戦略的に顔写真を出さない作家はいるが、バーキンの場合、周囲に騒がれるとトラックの運転手をやっていられなくなるから、という生活上の、実際的な理由でメディアに顔出しをしないのだという。ちなみに「バーキン」という姓はペンネームなのだが、それも同じ理由からだ。本名はドミトリイ・ゲンナジエヴィチ・ボチャロフ。ソ連のアフガニスタン侵攻に取材した『ロシアン・ルーレット』など多数の著書で知られる作家、ジャーナリストのゲンナジイ・ボチャロフを父親にもつ。ただバーキン自身は、ほかの作家との付き合いは一切ないらしい。

英訳版『出身国』（二〇〇二年）には、ロシア文学者バイロン・リンゼイによる序文が収録されている。当時、モスクワ中心部のアパートに幼い息子と妻と暮らしていたバーキンに面会を許されたリンゼイによると、作家は細身だが筋肉質で、口ひげをはやし、低い声をしていた。バーキンは保守的な政治観の持ち主で、文学について言葉少なに語ったという。

作品について

一読して強烈な印象を残す作品集『出身国』は、七本の短篇からなっている。時代は戦後から九〇年代のソ連およびロシア。戦争や著者本人が体験したであろう軍隊生活を背景にもつ作品は少なくなく、閉塞感や陰鬱な雰囲気づくりに一役買っているとはいえ、社会状況に全面的にスポットがあたっているわけではない。

さて英訳版の解説でリンゼイは、バーキンの小説の特徴として、登場人物《キャラクター》・神話・言語の三つをあげている。

物語の中心にいるのは、なにかが決定的に損なわれ、壊れてしまっている男たちだ。それは片腕だったり、足の指が六本あったりといった物理的、肉体的なものだけでなく、精神

英訳版

的なものでもある。実際、登場人物の男たちはパーソナリティ障害のサンプルのようだ（母性本能と結婚願望にとらわれた女性や、色情狂《ニンフォマニア》の女性も登場するが）。自分自身を限りなく大きく見せようとする虚栄心、極度の被害妄想、自分の存在が永久に繰り返されるのではないかということへの恐れ、己の呪われた血統を抹殺したいという欲望、他者だけでなく自己を破壊したいという衝動、家族を手足のように管理したいという支配欲、金銭への病的な執着、他者への信頼の欠如からくる孤立、肥大したエゴからくる傲慢、己が見え、感じているものだけが世界だという独我論的世界観……。それは環境に起因するものというよりは、存在そのものに根ざしたもの、逃れがたい宿命、癒しがたい宿痾なのだと言える。

「神話」とは、かつて起こった出来事に、登場人物が異常に執着することで、神聖視されることを意味している。結果として、彼らは破滅へと突きすすんでいくことになるが、その様子は、（多くの批評家が指摘しているように）フォークナーの作品を思いおこさせる。実際にあるインタヴューで、バーキンは自分が影響を受けた作家として、「ムージル、アストゥリアス、ブーニン、フォークナー、トマス・ウルフ、ユーリイ・カザコフ、サン゠テグジュペリ、ガルシア゠マルケス、プラトーノフ、カミュ、ハムソン、メルヴィル。そしてわれわれみなへの警告としてドストエフスキイ」の名前をあげていた。「兎眼」のようなリアリズムの枠内で書かれた作品もあるが、カスパー・ハウザーのようにどこからともなく忽然とあらわれた少年のたどる数奇な運命や（「葉」）、祖先が身に受けた銃弾を生まれながらに心臓に宿した小柄な男（「出身国」）など、リアリズムから逸脱していく作品も多い。ただし、これをソ連流のマジックリアリズムと呼ぶかどうかは別の問題だが。

そして、特異なキャラクターや、奇妙な筋立て（プロット）といった小説のすべてを下支えしているのが、その文体――言語になる。バーキンの言語については、読者にはその特殊さが一目瞭然のことと思う。比喩や、語りの手法についてはソ連の作家、アンドレイ・プラトーノフをあげる声もある。実際、プラトーノフはバーキンが愛好する作家であり、暗く、抑圧的な作品の雰囲気や、主題面でも共通性があるように思える。ただし、バーキンの文章はプラトーノフよりも、ずっと一文の息が長く、ワンパラグラフが数センテンス、あるいはワンセンテンスであることも珍しくない。かといってけして無理やり文章を伸ばしているわけではなく、関係詞節や副詞節の発達したロシア語の特性をよく利用したものだ。作家、評論家のヴラジーミル・ソボリは書評で、「バーキンは素晴らしい耳と記憶力を持っており、快いメロディーを正確に奏でることができる」として、その文体の音楽性を絶賛している。当然ながら、これは読むのは快いが、訳すのは至難の業だ。独特なロシア語の連環を日本語に移植する試みがどこまでうまくいったかは読者の判断を仰ぎたい次第である。

国内外の評価

デビュー当時から彗星のごとくあらわれたこの「謎の作家」をめぐっては、モスクワの文学サークル内でも正体をめぐって推測が飛び交っていたらしい。一九九六年に短篇集『出身国』がリンブス社から刊行されると、『文学新聞』、『旗』など各誌で書評が相次ぎ、気鋭の新進作家として広く認知された。結果、アンチブッカー賞を受賞したことはすでに説明した通りである。

他方で、バーキンはキャリアの最初から国外での評価も高かった作家でもある。ペレストロイカ期

仏訳版

と前後して一群の新しい作家たちが登場すると、海外でもその存在が注目されたが、バーキンもデビュー作「兎眼」が、英訳アンソロジー『不協和な声——新しいロシアの小説』（一九九一年）にいち早く収録された。

海外での評価として特筆すべきは、短編集のフランス語版が、ロシア語版にさきがけてガリマール社より一九九三年に刊行されことである。これは、パスカル・カザノヴァが言うところの文学の「首都」パリの一流の出版社から、国際的な成功を保証する「聖別」の刻印が押されたことを意味するはずだった（『世界文学空間——文学資本と文学革命』）。実際にその後、二〇〇二年に英国のグランタ社から出版された英訳版短編集も、『タイムズ・リテラリー・サプリメント』などで取りあげられるなど好評を博した。英訳、仏訳だけでなく、筆者が確認したかぎり、『出身国』はドイツ語、イタリア語、オランダ語などヨーロッパで広く翻訳出版されている。

日本でも、沼野充義が作品集の発表の直後に「おそらく大作家に成長する」「新しい master の登場」と激賞していた。評論家のミハイル・シネリニコフは『出身国』に付された短い解説で、「この散文の質に、量を加えることができれば、大作家に成長するだろう」とした。しかし、こうした期待は、肩すかしを食わされる格好になった。バーキンがこの、好評を博した作品集のあとに発表した作品は、ごく僅かだったからだ。

沈黙

二一世紀にはいってもバーキンの沈黙は続いたが、二〇〇七年、長編『死から誕生へ』からの一章、という文章がニューヨークの文芸誌『時間と場所』に発表され、読書人を驚かせた。内容は旋盤工の父と小児科医の母をもつ少年の目線から、湖のほとりの掘っ立て小屋に生活する老人などの奇妙な人々を描いたものだった。十年越しの復活への期待が膨らんだが、現在に至るまで、この「長編」の続きが発表された形跡はない。

二〇〇八年になってされたインタヴューでは、「本業」のトラック運転手のせいで書く時間がほとんどとれず「九年間ほとんどなにも書いていない」という。はたして、バーキンは彗星の如く現れ、一瞬のきらめきを残して消えていった、世紀末のロシア文学に咲いたあだ花だったのか（一作だけで消えていった作家などそれこそ星のようにいる）。しかし、一度文壇から消えたにもかかわらず、作品の一部が掲載されたり、インタヴューがおこなわれたりするなど、潜在的にこの異端児の復活を望んでいる読者は少なくないように思う。参考までに、『出身国』以降、これまで発表された作品のリストをあげておく。

「嘘の警備員」『旗』一九九六年一号
「樹の息子」『旗』一九九八年一号
「死から誕生へ」『時間と場所』二〇〇七年二号
「留まるべからず」『新世界』二〇〇九年一号

日本におけるバーキンの先駆的な紹介として、北海道大学スラブ研究センターのウェブサイト内のコーナー「現代ロシア文学　REFERENCE GUIDE-ON-LINE」に、沼野充義氏による早い段階での紹介がある（http://src-h.slav.hokudai.ac.jp/literature/bakin.html）。本あとがきでも参考にさせていただいた。なお、北海道大学文学部ロシア文学研究室編『現代ロシア文学作品集』七号に望月哲男氏による「武器」の翻訳が掲載されている。こちらも参考にさせていただいたことを付け加えておく。

また本書に収録したうち、短編「出身国」は、「新しい海外文学の声」として、『波』二〇一三年三月号に掲載された。掲載のため労をとっていただいた新潮社の佐々木一彦氏に感謝する。さらに、刊行直前に素敵な帯文を寄せていただいた頭木弘樹さんに深謝する。

*　*　*

最後に、本訳書が世に出るために、刊行の労をとっていただいた群像社の島田進矢氏に深く感謝する。二一世紀になってすでに久しいのに、旧世紀の作品、しかも一冊しか作品集を出さずに消えていきつつある作家の作品を出版する意義を疑問に思われる読者もいるかもしれない。実際、出版をひきうけてくれる出版社や編集者になかなかめぐりあえなかったのだが、長年にわたり現代ロシア文学紹介を（ほとんどひとりで）手掛けてこられた島田さんと仕事をする機会に恵まれたのは訳者にとって僥倖だった。島田さんにはゲラの前の段階およびゲラになったあとで、訳文について細部にわたるサジェスチョンもいただいた。その後、ほぼすべての工程が終わった後でエージェントをめぐる不可解な出版トラブルに見まわれ、やはりバーキン自身出版を望んでいないのか、謎の作家を翻訳するのは叶わぬ夢なのかと絶望しかけたが、最終的にこの難局も島田氏の尽力で解決していただいた。

個人的な感慨になってしまうが、本書が群像社ライブラリーに収録されることを大変うれしく思っている。群像社ライブラリーは、私が本格的に文学研究を始める前、大学に入学した二〇〇〇年ごろには、すでに当時の新進的な現代ロシア文学を紹介してまばゆかった。ペレーヴィンを初めて読んだのもこのシリーズであり、同時代ロシア文学の魅力に目を開かされたものだ（本書のデザインも無理を言って当時に近いものにしていただいた）。その後、自分でロシア語を学んで、辞書を引きながらぽつぽつと作品を読むようになった。バーキンのこの本も、そんななかで出会った一冊である。十年越しに現代ロシア文学の愛好者には親しみ深いこのシリーズに戻ってきて、本を手にとったりとられたりする小さな円環《サークル》にいることのできるよろこびを感じている。

二〇一五年冬、東京

ドミトリイ・バーキン
（1964- ）

ドネツク州（現ウクライナ）生まれ。七歳のときにモスクワに転居。1989年に雑誌に発表した最初の短編は1991年に英訳のアンソロジーで紹介されて、1993年にはフランスのガリマール社から短編集が刊行された。本国よりも先に国外で評価が高まるなか、1996年にロシアで刊行された短編集『出身国』は同年のアンチブッカー賞を受賞、その後、英語、ドイツ語、イタリア語などの翻訳が相次いだ。職業はトラック運転手で小説家として人前に出ることもなく「謎の作家」と言われ、寡作ながら雑誌に作品が発表されるたびに熱い注目を浴びている。

訳者　秋草 俊一郎（あきくさ しゅんいちろう）

東京大学大学院人文社会系研究科修了。博士（文学）。専攻は比較文学、ロシア文学など。ウィスコンシン大学客員研究員、ハーヴァード大学客員研究員などを経て、現在、東京大学教養学部講師。著書に『ナボコフ　訳すのは「私」—自己翻訳がひらくテクスト』（東京大学出版会）。訳書にジギズムンド・クルジジャノフスキイ『未来の回想』（松籟社）、ウラジーミル・ナボコフ『ナボコフ全短篇』（共訳、作品社）、デイヴィッド・ダムロッシュ『世界文学とは何か？』（共訳、国書刊行会）などがある。

群像社ライブラリー34

出身国《しゅっしんこく》

2015年5月31日　初版第1刷発行

著　者　ドミトリイ・バーキン

訳　者　秋草俊一郎

発行人　島田進矢

発行所　株式会社 群 像 社

神奈川県横浜市南区中里1-9-31 〒232-0063

電話／FAX 045-270-5889　郵便振替　00150-4-547777

ホームページ　http://gunzosha.com　Eメール info@gunzosha.com

印刷・製本　モリモト印刷

カバーデザイン　寺尾眞紀

Дмитрий Бакин

СТРАНА ПРОИСХОЖДЕНИЯ

Dmitrii Bakin

Strana Proiskhozhdeniia

ISBN978-4-903619-51-4

群像社の本

群像社ライブラリー

ペレーヴィン　眠　れ

三浦清美訳　コンピューターゲームの世界に入りこんだ官庁の職員、自我に目覚めて成長しはじめる倉庫、死の意味をめぐって怪談話をつづける子供たち…麻薬的陶酔からチベット仏教までとりこんで哲学的ともいえる幻想世界へと飛翔する物語で20世紀末以降ロシア文学の話題をさらいつづける作家のデビュー中短編集。　ISBN4-905821-41-X　1800円

ペレーヴィン　虫の生活

吉原深和子訳　人が虫をじっと見ていると虫の姿は人に変わり人は虫になる。地球はフンコロガシに押されるフンの球。虫たちの対話が引き出すこの世界の姿はかぎりなく小さく深い。現代ロシアを代表する気鋭の作家がきわめる愛と冒険にあふれた虫の世界！　ISBN4-905821-44-4　1800円

ペレーヴィン　宇宙飛行士　オモン・ラー

尾山慎二訳　月にあこがれて宇宙飛行士になったソ連の若者オモンに下された命令は月への片道飛行！　アメリカのアポロが着陸したのが月の表なら、ソ連のオモンは月の裏側をめざす。ロシアのベストセラー作家が描く奇想天外、自転車乗りの宇宙旅行。　ISBN978-4-903619-23-1　1500円

ペレーヴィン　寝台特急　黄色い矢

中村唯史・岩本和久訳　子供の頃にベッドから見た部屋の記憶は世界の始まり。現実はいつも幻想と隣り合わせ。私たちが生きているこの世界は現実か幻想か。死んだ者だけが降りることのできる寝台特急に読者を乗せて疾走するペレーヴィンの初期中短編集。　ISBN978-4-903619-24-8　1800円

価格は税別